책이라는 풍성한 요리를 만들어 준 엘리자베스 베넷,
고마워요. 우리 모두를 하나로 묶어 주셨어요. - 헤더

할머니들에게, 모든 성공한 사람들 뒤에는 처음부터 그들을
무조건적으로 믿어 준 누군가가 있었으니까요. - 로라 그리고 로즈

그래, 우리는 버그 걸!

헤더 알렉산더 지음

배형은 옮김

찰리북

프롤로그

'나비 효과'라는 말, 들어 본 적 있니?

브라질에 사는 나비 한 마리가 날개를 팔락이고 있어. 그 작은 날갯짓으로 대기에는 작은 변화가 일어나. 그런 작은 변화들이 모이고 모여서 더 큰 기상 변화가 일어나고, 끝내는 저 멀리 미국 오클라호마의 한 마을에 회오리바람이 불어닥치기에 이르지. 네가 그 마을에 살고 있다면 네 인생은 말 그대로 뒤집히는 거야. 수천 킬로미터 떨어진 곳에서 펄럭였던 나비 한 마리의 날갯짓이 이런 엄청난 일을 일으킨 거지. 그게 바로 나비 효과야. 별일 아닌 것처럼 보이는 작은 사건이 큰 변화를 불러일으키는 것 말이야.

내가 처음 벌레를 먹은 날이 그랬어. 모든 것이 달라졌어. 나뿐 아니라 제이까지도!

그땐 그 사실을 몰랐을 뿐이야. 단, 우리 경우엔 '귀뚜라미 효과'라고 해야겠지!

차례

프롤로그 4

핼리 : 새로운 질문

"우웩! 세상 최고 역겨워!"

나는 전시장 건너편 끝에 서 있었지만 누가 꽥꽥거렸는지 단번에 알 수 있었어. 킥킥대는 웃음소리와 감탄사가 합창처럼 뒤따른 걸 보니 에리카 산체스가 분명해. 에리카는 나랑 같은 일학년 여자애야. 에리카 옆에는 늘 몇몇 아이들이 코러스 가수처럼 빙 둘러서서, 걔가 입을 열 때마다 맞장구를 치곤 하지.

"저 침팬지 좀 봐! 다른 침팬지 털에서 벌레를 떼서 먹고 있어!"

에리카의 호들갑에 아이들은 나무 위에 앉은 침팬지 세 마리를 동시에 쳐다봤어. 침팬지들은 사람 손가락과 꼭 닮은 손가락으로 서로 털을 골라 주고 있었지. 나는 그 모습을 보며 입술을 잘근거렸어. 브룩데일 동물원의 침팬지 우리는 열대 우림처럼 꾸며져 있어. 하지만 침팬지들이 이곳을 진짜 열대 우림이라고 여길까? 진심으로 궁금하군!

나는 동물원을 좋아하는 걸까? 아닌 걸까? 잘 모르겠어. 우리에 갇힌 동물들을 보면 기분이 좋지 않아. 하지만 동물들을 보는 건 정말 좋아. 이건 나쁜 일일까? 동물들은 정말이지 경이로운걸. 침팬지들 눈은 세상에서 가장 다정해 보인다고.

여섯 살 때는 여름 내내 동물원에 갔어. 아빠가 동물원에서 작업을 했거든. 아빠는 사진작가야. 그때 아빠는 동물원에 갇혀 사는 동물들을 찍었어. 그다음엔 같은 종류 동물 중에 야생에서 자유로이 사는 동물을 찾아서 찍었어. 나는 아빠가 찍은 사진이 좋아. 세상을 향해 말하는 것 같거든. 어딘지 극적이고 새로운 눈을 뜨게 해 줘! 세상을 향해 말하기, 이건 정말 대찬성이라고.

"에리카, 움직이지 마!"

스펜서 몬탠이 거기 있는 아이들에게 다 들릴 만큼 큰 소리로 외쳤어. 그러곤 길게 땋아 내린 에리카의 검은 머리에 손가락을 뻗었어.

"잡았다."

스펜서가 양손을 동그랗게 모았어. 손이 움찔거렸어. 안에서 무언가가 빠져나오려고 버둥대나 봐.

"그거 뭐야? 나한테 붙어 있었어?"

에리카의 갈색 눈이 두려움으로 휘둥그레졌어. 스펜서는 계속 양 손바닥을 딱 붙인 채 장난꾸러기처럼 히죽 웃었어.

나는 그쪽으로 조금씩 다가갔어.

"으으으으!"

사마라 매튜스가 영화배우처럼 과장되게 몸을 떨었어.

"으, 더러워!"

제이 우가 메아리처럼 뒤따라 말했어. 길고 검은 머리카락을 손가락으로 배배 꼬면서 말이야.

스펜서가 뭘 잡았는지 제대로 본 사람은 아무도 없었지만 아무렴 어때. 제이와 사마라는 에리카를 그림자처럼 따라다니면서 때맞춰 감탄사를 날리거든. 다만, 제이는 언제나 사마라보다 한 박자 늦는 것 같아. 내 관찰에 따르면 그래. 물론 나는 그 애들에 대해 거의 몰라. 이제 겨우 9월 말인걸. 브룩데일 중학교에 입학한 우리 대부분은 초등학교 친구들 그룹에서 그다지 벗어나지 못했어.

나는 그룹에 낀 적이 없어. 그룹에서 잘 지내는 타입이 아니라서. 내 단짝은 자라뿐이야. 우리는 둘이 노는 게 좋았어. 하지만 올해 여름에 자라는 캐나다로 이사를 갔어. 우리는 자라 부모님의 마음을 돌리려고 애썼지. 내 침대 시트에다 페인트로 "자라는 여기서 살 거예요!"라고 커다랗게 쓴 다음, 자라네 집 앞에 걸기도 했어. 공식 성명을 내자는 건 내 아이디어였고. 소용없었어. 그러거나 말거나 자라 부모님은 이사를 했고 자라를 데려가 버렸어. 그래서 지금은 나만 남았지.

나는 곁눈질로 스펜서와 에리카를 지켜보았어. 스펜서의 손 안에서 팔딱거리는 게 무엇인지 무척 궁금했어.

"뭔지 궁금해? 하나…… 둘…… 셋!"

스펜서가 손을 들어 활짝 펼쳤어.

아무것도 보이지 않았어. 나는 눈을 깜빡거렸어. 놓쳤나?

"아무것도 없잖아."

에리카가 들창코를 찡그렸어.

"정답! 에리카 너 완전히 속았어."

스펜서가 배를 잡고 웃었어.

"역시 스펜서야!"

라울 코테즈가 스펜서와 승리의 손뼉을 마주쳤어.

에리카가 스펜서를 장난스럽게 밀쳤어. 스펜서는 에리카를 보고 바보처럼 실실 웃었고.

멍청이 스펜서. 나는 다시 침팬지 쪽으로 몸을 돌렸어.

"마르셀리 반 학생 여러분, 이쪽으로 오세요. 파충류관으로 갑시다."

마르셀리 선생님은 손뼉을 치면서 아이들을 집중시켰어.

"스타인 반은 나를 따라오세요."

스타인 선생님은 손뼉을 치거나 목소리를 높이는 법이 없었어. 선생님에게 과학 수업을 듣는 1학년들도 선생님의 화를 돋우지 않는 법을 이미 터득했지. 선생님은 진도를 나가야 하는데 배워야 할 건 너무 많다고 언제나 불평했거든. 그래서 주제에서 벗어난 질문을 금지했어. 그런 질문들은 수업에 딱 맞게 할당된 시간을 잡아먹는다고 말이야.

아, 그건 내게 정말 큰 문제였어. 아니, 질문도 못 하는데 학교를 왜 가? 그냥 집에 앉아서 책이나 읽으면 되지. 알베르트 아인슈타인도 '열정적인 호기심'을 갖는 게 중요하다고 했다고. 나는 그 말에 완전히 동의해. 이제 내가 좋아하지 않는 선생님이 누구인지 맞힐 수 있겠지? 맞아, 정답일 거야.

"선생님, 우리 반은 어디로 가나요?"

스타인 선생님을 뒤따라가며 내가 물었어.

"곤충관!"

스타인 선생님이 테라코타로 지은 건물 앞에서 멈췄어. '불가사의가 윙윙!'이라고 적힌 간판이 눈에 확 들어왔어. 선생님이 교통경찰처럼 손을 들었어.

"핼리, 다른 애들이 올 때까지 기다리렴."

그래서 나는 배낭에서 생각 수첩과 파란색 펜을 꺼냈어. 난 어딜 가든 내 생각 수첩을 들고 다녀. 학교에서는 기다리거나 줄을 설 일이 산더미처럼 많으니까! 생각 수첩 표지는 검은색이야. 안쪽 종이는 미색인데, 꽤 두툼해. 몇 년 전에 아빠가 할인

코너에서 발견하고는 큰 상자 통째로 잔뜩 사 왔어. 아직도 거실 구석에 열댓 권쯤 쌓여 있어. 나는 이 수첩에 새로 생각난 것들이나 궁금한 것들을 적어. 이렇게 생각 목록을 적으면 머릿속에서 무슨 생각이 소용돌이치고 있는지 전부 알 수 있거든.

나는 종이를 팔락팔락 넘겨서 이번 주에 적은 생각 목록을 펼쳤어.

- 내가 가장 만나고 싶은 신화 속 존재

(1위 그리핀)

- 가장 뛰어난 소스

(새콤달콤 매콤한 시라차 소스가 최고)

- 모습을 바꿀 수 있다면 어떤 동물로 변신할까?

(1위 라이거. 치타는 아주 근소한 차이로 2위)

나는 새 목록을 쓰기 시작했어.

내가 알고 있는 곤충의 대단한 점
- - - - - - - - - - - - - - -

1. 곤충의 몸은 머리, 가슴, 배 세 부분으로 나뉜다.

2. 곤충의 다리는 6개이다. 따라서 거미(다리가 8개!)와

> 애벌레(다리가 6개)는 곤충이 아니다.
>
> 3. 더듬이가 2개 있다.

"왜 여기를 가슴이라고 불러요?"

나는 스타인 선생님에게 질문했어.

"그 질문에 대답해 줄 사람은 이 안에서 만날 수 있을 거다."

스타인 선생님이 문을 밀어 열었어.

나는 서둘러 생각 수첩을 넣고 어둠 속으로 걸어 들어갔어.

일 분쯤 지나자 벽에 설치된 십여 개의 유리 사육장이 눈에 들어왔어. 안에는 대벌레, 개미, 바퀴벌레, 딱정벌레 등 각기 다른 곤충들이 살고 있었어.

"학생 여러분, 이쪽으로 모이세요."

부스스한 금발에 금속 테 안경을 쓴 키 큰 남자가 커다란 방 한복판에 서 있었어. 앞에 동물원 로고가 그려진 카키색 셔츠를 입고 있었어.

"저는 부가티 박사입니다. 하지만 다들 벌레 박사라고 부르죠."

벌레 박사님이 말하자 아이들이 모두 웃었어. 나도 웃음이 났어.

"곤충학자거든요. 곤충을 연구하는 과학자죠. 여러분, 잠시 조용히 해 보세요. 그리고 들어 보세요."

그러자 전시실 구석구석에서 윙윙, 붕붕, 귀뚤귀뚤, 찌르르 소리가 들리기 시작하더니 점점 크게 울려 퍼졌어. 벌레 박사님이 우리를 유리 사육장 앞으로 데려갔어. 바위 위를 기어가는 타란툴라, 나뭇잎으로 위장한 사마귀, 곧 왕나비로 탈바꿈할 애벌레들이 보였어.

　나는 거대한 타란툴라에게서 눈을 뗄 수가 없었어. 타란툴라가 꼭 껴안고 싶은 반려동물처럼 보이다니 참 별일이야. 저 털북숭이 몸뚱이를 만져 보고 싶은 이상한 마음까지 들었어. 내가 아장아장 걷는 타란툴라를 지켜보는 동안, 벌레 박사님과 다른 아이들은 벌써 한참 떨어진 곳까지 가서 화려한 딱정벌레들을 살펴보고 있었지. 나는 어딘가에 흥미를 느끼면 거기에 푹 빠져 버리거든. 엄마 말에 따르면 가끔 너무 푹 빠진대.

　"자, 이제 제가 가장 좋아하는 순서입니다. 간식 시간이에요!"

　벌레 박사님이 이어서 말했어.

　"벌레 먹어 보고 싶은 사람?"

　그 말에 눈이 번쩍 뜨였어. 얼른 아이들이 모여 있는 곳으로 향했어. 벌레 박사님이 선반에서 작은 상자를 꺼냈어.

　"정말요? 저희한테 벌레를 먹으라고요?"

　에이바 볼티모어가 고개가 떨어지도록 획획 저었어. 땋은 머리도 함께 획획 돌았지.

　"맞아요. 아주 맛있답니다."

벌레 박사님은 활짝 웃었지만 진지했어. 농담으로 하는 말이 아닌 게 확실했어. 박사님은 우리 쪽으로 상자를 내밀었어. 우리는 더 가까이 몰려들었어. 상자 옆에는 알록달록 올록볼록한 글씨체로 '귀뚜라미'라고 적혀 있었어. 상자에 난 작은 창으로 작은 갈색 벌레들이 보였어.

"이상하다고 생각하는 친구도 있겠죠? 그런데 이상한 일이 아니에요. 세계적으로 곤충을 먹는 사람은 영어를 쓰는 사람보다 많답니다. 곤충은 지속 가능한 미래 식량이에요. 세계 인구는 폭발적으로 증가하는데 그 많은 사람에게 공급할 깨끗한 물과 땅이 부족할 경우에는 어떻게 해야 할까요? 귀뚜라미가 대체 식량이 될 수 있어요. 귀뚜라미를 육지에 사는 새우라고 생각하세요. 새우와 바닷가재는 실제로 거대한 바다 벌레거든요."

에리카가 불쾌하다는 듯 끙 소리를 냈어.

"도움 안 되는 조언이네요."

"입안에서 귀뚜라미가 팔딱거리면 어떡해요?"

오웬 로크가 물었어.

"저런, 그런 일은 일어나지 않습니다. 이 귀뚜라미는 살아 있지 않으니까요. 튀겨서 양념을 했지요. 아까도 말했지만 꽤 맛이 좋아요."

벌레 박사님이 입맛을 다시고 말했어.

"먹어 볼 사람?"

모두 쥐 죽은 듯 조용해졌어. 나는 상자를 바라보았어. 벌레를 먹어 보고 싶다는 생각은 한 번도 한 적이 없어. 하지만 귀뚜라미는 대체 무슨 맛일까? 물컹물컹? 바삭바삭?

전에 부모님과 함께 레스토랑에 가서 에스카르고를 주문한 적이 있어. 그게 뭐냐면 프랑스식 달팽이 요리야. 마늘 버터 소스를 곁들인 에스카르고는 꽤 맛있었지. 그러니 벌레도 별로 다르지 않을 것 같았어. 게다가 벌레는 아주 작아. 한 마리 먹는다고 큰일이 나진 않겠지.

나는 손을 들고 앞으로 걸어 나갔어.

"제가 먹어 볼게요."

제이 : 신경 쓰지 않는 아이

'누가 말한 거야?'

까치발을 들고 서서 뒤를 돌아보았다. 대체 누가 정말로 귀뚜라미를 먹겠다는 거지? 아이들 얼굴을 하나하나 살폈다.

스펜서가 큰 소리로 구역질하는 시늉을 하고 있었다. 심지어 몰래 하지도 않았다. 그런 스펜서를 보고 다른 아이들은 낄낄 웃었다.

스펜서가 벌레를 먹을 리 없다는 건 알고 있다. 쟤는 그쪽으론 모험심이 없다. 스펜서는 우리 할머니가 만들어 주는 만두나 해파리냉채조차 먹지 않을 것이다.

스펜서가 우리 집에 온 게 언제인지 떠올려 보았다. 지난봄이 마지막이었나? 여름에 스펜서는 가족과 함께 호숫가로 휴가를 다녀왔고 라울, 오웬을 비롯한 남자애들과 어울려 축구 캠프를 갔다. 그 뒤로 스펜서는 나와 단둘이 논 적이 없다. 중학생이 된 뒤에도 영 다르게 굴었다. 버릇없는 말들을 하면서.

"이리 오세요, 어린 숙녀분."

벌레 박사님이 손을 흔들었고 우리는 길을 내주었다. 핼리 앰브로즈가 자신만만하게 앞으로 나갔다.

"핼리답다. 쟤 진짜 이상해."

스펜서가 코웃음을 쳤다.

"눈물 날 만큼 이상하지."

라울이 덧붙였다.

나는 핼리를 '비즈니스 교육과 기업가 정신' 수업에서 보았다. 핼리는 늘 창가에 앉았다. 핼리와 말해 본 적은 한 번도 없다. 그렇지만 지금은 핼리를 붙잡아서 네가 하려는 일이 좋게 끝날 리 없다고 경고하고 싶은 마음이 간절했나.

하지만 나는 아무것도 하지 않았다. 손만 주머니에 깊숙이 넣고 숨을 참았다. 언덕에서 뒤로 굴러떨어지는 차를 보고 있는 기분이었다. 하지만 핼리 일은 핼리가 알아서 해야 할 것이다.

"쟨 대체 뭘 입은 거야?"

에리카가 큰 소리로 속삭였다.

"그러게 말이야."

내가 사마라보다 먼저 대답했다.

핼리는 가장자리에 은색 페인트 줄이 그어진 청색 멜빵바지를 입었다. 허리에 걸쳐 맨 샛노란 가방에는 어처구니없이 커다란 가짜 다이아몬드가 장식으로 달려 있었다. 얼굴은 부스스한 밤색 곱슬머리에 다 가려서 보이지도 않았다.

저 애는 굉장히 이상했다. 다른 사람들이 어떻게 보든지 상관없는 것 같았다. 나는 언제나 다른 사람을 신경 썼다. 모든 순간에. 우리가 에리카네 그룹에 들어가야 한다고 스펜서가 결정한 지금은 특히 더 신경이 쓰였다. 나는 그룹에 딱 어울리는 말을 할 줄 알아야 했다. 딱 어울리는 이모티콘을 고르고 딱 어울리는 청바지를 입어야 했다.

예전에 스펜서와 나는 마음대로 말하고 입고 행동하는 편이었다. 하지만 올해 들어 스펜서는 무엇이 쿨하고, 무엇이 쿨하지 않은지 끊임없이 구분 지었다. 에리카도 그랬다.

나는 에리카의 연한 색 청바지와 목에 트임이 있는 줄무늬 반팔을 바라보았다. 오늘 나도 연한 색 청바지를 입었다. 내 티셔츠는 무늬가 없지만 에리카의 티와 디자인은 똑같다. 확실하다.

이렇게 해도 그 애들은 내가 있는 줄 모른다는 느낌을 가끔 받는다. 없어도 없는 줄 모르는 걸 수도 있고.

지난주에 에리카, 사마라, 스펜서, 라울은 함께 아이스크림을 먹으러 가면서 나에게는 한마디도 하지 않았다. 나중에 에리카가 사과했다. 나한테 물어보는 걸 깜빡했을 뿐이라고 했다. 대단한 일은 아니었다. 스펜서는 아무 말도 하지 않았다. 걔도 나를 깜빡했나? 우린 유치원 때부터 늘 붙어 다니는 단짝 친구였는데, 대체 어떻게 그걸 깜빡할 수가 있지?

핼리가 벌레 박사님 앞에 멈춰 섰다. 아이들도 더 모여들었다. 나는 아이들에게 밀려 핼리 바로 뒤에 서게 되었다. 핼리의 머리카락 끝에서 라즈베리 냄새가 났다.

벌레 박사님이 상자 뚜껑을 열었다. 박사님은 조그맣고 연한 갈색 귀뚜라미 한 마리를 집어 핼리의 손바닥에 올려놓았다.

귀뚜라미는 쪼글쪼글했지만, 단단한 껍데기는 어둑한 불빛 속에서도 반짝반짝 윤이 났다.

핼리가 훅, 숨을 들이마셨다.

'안 먹겠다고 할 거야.'

나는 쿡쿡거렸다. 초조해지면 나는 늘 쿡쿡 웃는다. 안도감이 밀려 들어왔다. 핼리는 농담 한번 해 봤다고 둘러댈 것이다. 나라면 그렇게 할 테니까.

나는 핼리 뒤에서 크게 한 발짝 물러났다.

그때 핼리가 귀뚜라미를 통째로 입안에 넣었다. '바삭!' 하고 씹는 소리가 들려왔다.

"우웩!"

"진짜 먹었어!"

"난 절대 못 해!"

반 아이들에게서 구역질과 신음이 터져 나왔다. 스타인 선생님은 질서를 되잡으려고 했다. 선생님이 큰 소리로 손뼉을 쳤다.

핼리가 씹던 것을 꿀꺽 삼키고 씩 웃었다.

"맛있어요. 정말 맛있어요. 짭짤한 땅콩 맛이 나요."

"바로 그 맛이야."

벌레 박사님이 핼리와 주먹을 마주쳤다.

"버그 걸이 더러운 귀뚜라미를 먹었어!"

스펜서가 소리를 지르고 토하는 시늉을 했다.

"스펜서, 그만해라!"

스타인 선생님이 불쑥 끼어들어 스펜서를 가장자리로 끌어냈다.

벌레 박사님이 상자를 내밀었다.

"또 먹어 볼 사람 없나요?"

나는 앞으로 나가고 싶었다. 귀뚜라미를 먹고 싶은 건 아니었다. 절대 먹고 싶지 않다. 하지만 어떻게 생겼는지는 자세히 보고 싶었다. 과학자인 부모님이 나에게 호기심을 물려준 걸까? 나는 앞으로 나가는 대신, 스펜서와 에리카를 슬쩍 보았다. 남은 일 년 내내 핼리는 '버그 걸'이 될 것이다. 어쩌면 평생 동안. 나는 그런 딱지까지는 필요 없다. 우리 반에서 유일한 중국 아이라는 딱지만으로도 충분했다. 나는 내 자리에서 움직이지 않았다.

"또 없나요?"

벌레 박사님이 실망한 듯 고개를 젓더니, 귀뚜라미 상자를 헬리에게 내밀었다.

"운이 좋은걸. 나머지는 모두 네가 가져가렴."

"고맙습니다! 최고로 멋진 파티 선물이 될 거예요!"

헬리는 순수하게 기뻐하는 것 같았다.

에리카가 키득거렸다. 나머지 아이들도 따라서 수군거리며 비웃었다.

나도 가만히 버그 걸로부터 떨어졌다.

핼리 : 아주 특별한 저녁 식사

스쿨버스가 동물원에서 출발했어. 나는 버스 의자에 앉아서, 상자에 난 투명 셀로판지 창으로 귀뚜라미를 관찰했어. 귀뚜라미는 볶은 견과류나 프레즐 과자와 아주 비슷한 맛이었어. 이것 때문에 난리 법석을 떨 이유는 조금도 없었지. 그래도 귀뚜라미 튀김을 하나 먹어 본 나 자신이 자랑스럽기는 했어. 나는 핸드폰을 꺼냈어.

> 놀라지 마! 내가 뭐 먹었게?

> 귀뚜라미야!

상자에 든 벌레 사진도 한 장 보냈어. 자라에게 어서 답장이 오기를 바랐어.

'아, 맞다. 자라는 아직 학교에 있어서 핸드폰을 볼 수 없겠구나.'

나도 얼른 핸드폰을 보라색 배낭에 집어넣었어. 선생님들이 눈치채지 못하게 말이야.

"하나 먹어 볼래?"

옆자리에 앉은 릴리 설리번 밀러에게 상자를 내밀었어. 릴리는 내 반대쪽 끝에 아슬아슬하게 걸터앉아 있어서, 차가 멈출 때마다 복도 쪽으로 고꾸라졌지. 릴리는 대답 대신 권투 선수처럼 몸을 움츠리며 손을 들어 올렸어. 스스로를 보호하듯 말이야.

"살아 있는 귀뚜라미 아니야. 괜찮아."

나는 오웬 쪽으로 몸을 돌렸어. 오웬을 처음 본 건 초등학교 1학년 때야. 그때 오웬은 귀가 하나뿐인 호랑이 인형을 날마다 학교에 가져왔어. 칼 선생님이 인형을 가방에 넣으라고 하면 울었지.

"먹어 볼래? 짭짤한 땅콩 맛이랑 진짜 똑같아. 양념을 그렇게 했나 봐. 엄청나게 맛있……."

"그것 좀 치워, 핼리."

오웬이 앙다문 잇새로 말했어.

"나 하나 줄래?"

오웬 옆에 앉아 있던 갈색 곱슬머리 남자애가 손을 내밀었어.
쟤 이름이 뭐였더라?

"물론이지!"

그 애에게 귀뚜라미를 하나 건넸어.

"어떤 맛인지 알려……."

나는 말을 맺지 못했어.

"미사일 발사!"

그 애가 갑자기 소리치더니 귀뚜라미를 공중으로 던졌어. 귀뚜라미는 라울의 어깨 위로 떨어졌지. 라울은 그걸 다른 남자아이에게 넘겼고, 그 남자애는 다시 복도 쪽으로 날려 보냈어. 귀뚜라미가 소피아 두브레의 머리카락에 엉겨 붙자, 소피아가 귀를 찌를 듯 비명을 질렀어. 무슨 소동이 일어났다는 걸 스타인 선생님도 알아채게 됐지. 그런데 어느 순간 선생님은 나를 내려다보면서 설교하고 있더라. 귀뚜라미는 장난감이 아니다, 당장 치우지 않으면 압수할 수밖에 없다, 하면서.

'이건 다 저 남자애 잘못이라고요.'

나는 속으로 생각했지만 그렇게 말하지는 않았어. 대신 학교에 도착할 때까지 상자를 가방에 넣어 두겠다고 약속했어. 선생님은 고개를 끄덕였고 나는 귀뚜라미를 지킬 수 있었어.

그날 저녁, 귀뚜라미 상자를 식탁 한가운데에 올려놓았어. 구운 브로콜리가 든 볼과 삶은 펜네 접시 사이에 말이야.

아빠가 짙은 눈썹을 치켜올렸어. 아빠 눈썹은 표정이 아주 다양해. 눈썹 모양만 봐도 아빠가 무슨 생각을 하는지 알 수 있다니까. 지금은 강한 호기심을 느끼는 게 분명해.

"과학 프로젝트를 같이 하자는 뜻이니?"

"아니요. 다시 맞혀 보세요."

내가 고개를 저었어.

"저녁 식사 배경 음악이려나?"

엄마가 으깨진 브로콜리를 푹 떠서 내 접시에 덜어 주며 말했어.

"*귀뚜라미의 노래는 온기 가운데 점점 커져서.* 키츠의 시에 나오는 구절이야."

엄마는 어떤 상황에서도 그 상황에 어울리는 시를 인용할 수 있어. 정말 뜬금없는 상황이라도 말이야. 나는 그걸 엄마의 희한한 초능력이라고 불러.

"네?"

헨리 오빠가 물었어. 오빠는 접시에 펜네를 덜기 시작했어.

"귀뚜라미는 노래를 한단다. 양쪽 날개를 비벼서 노랫소리를 만들고, 그걸로 의사소통을 하지."

엄마가 설명했어.

"마리카, 엄밀히 따지면 귀뚜라미가 노래를 하는 건 아니야. 귀뚜라미는 귀뚤귀뚤 소리를 내지."

아빠가 엄마 말을 바로잡았어.

"스탠, 사실 귀뚤귀뚤 소리를 내는 건 수컷 귀뚜라미뿐이야."

엄마가 만족스럽다는 듯 히죽 웃으며 아빠 말을 바로잡았지.

"사실……."

아빠가 다시 말을 꺼내려고 할 때…….

"워워!"

내가 끼어들었어. 당장 말리지 않으면 엄마 아빠는 밤새도록 이럴 거야. 무슨 이야기가 나오든 서로 딱 한 수씩 앞서가면서 옥신각신한다니까. 운동 신경 없는 우리 식구들에겐 이게 스포츠와 가장 가까운 활동이지.

"귀뚜라미 합창 들으려던 거 아니에요. 다시 맞혀 보세요."

헨리 오빠가 아빠에게 펜네 접시를 넘기고 상자를 자기 앞으로 덥석 끌어당겼어.

"랜들이 먹을 저녁이구나!"

랜들은 집에서 키우는 도마뱀이야. 전에는 비슬리라는 가터 뱀을 키웠는데, 계속 도망을 쳤어. 오빠는 비슬리가 야생으로 돌아가야 한다고 주장했지. 그래서 비슬리를 국립 공원에 풀어 줬어. 그 전에 성대한 환송회도 열었어. 아빠는 우쿨렐레로「제트기를 타고 떠나며*」를 연주했고, 엄마는 여행 떠나기에 대한 시를 읊었어. 나는 비눗방울을 불었지. 비눗방울은 아주 행복하고 흥거운 느낌이거든.*

　나는 상자를 다시 끌어왔어.

　"랜들 먹이가 아니야. 귀뚜라미는 우리 저녁이야."

　"우리 저녁이라고? 혹시 엄마 요리가 마음에 안 드는 거니?"

　엄마는 미술과 컴퓨터 그래픽 천재이지만 요리 솜씨가 심하게 없긴 해.

　"아뇨, 그냥 우리 모두 귀뚜라미를 먹어 보자는 뜻이에요. 아까 하나 먹어 봤거든요. 견학 가서."

　아빠가 눈썹을 더 높이 치켜올렸어.

　"맛이 어땠니?"

　"엄청 맛있었어요!"

　"왜 그랬어? 벌레를 누가 먹나?"

　헨리 오빠가 얼굴을 찌푸렸어.

　"오빠가 몰라서 그래. 벌레 먹는 사람 많아. 전 세계에."

　나도 모르게 쏘아붙이듯 말했어.

　"세계 어디?"

　"세계…… 여기저기!"

　그래, 나도 정확히는 몰라. 하지만 오빠한테 솔직히 말할 생

---

* 「Leaving on a Jet Plane」미국의 컨트리 팝 음악가인 존 덴버의 노래.

각은 없어. 헨리 오빠는 나보다 세 살 많고 고등학생이야. 나보다 뭘 아주 많이 아는 것처럼 굴지. 실제로 그럴지도 모르지만, 어쨌든 오빠 말은 듣고 싶지 않아.

"아시아에 벌레를 먹는 나라들이 있지."

엄마가 입을 열었어.

"엄마 대학교 친구 애나 기억나니? 애나는 튀긴 전갈을 넣은 케밥을 태국에서 먹어 봤대. 그러고 보니 엄마랑 같이 일하는 루이자도. 루이자는 가나 출신인데, 애벌레 같은 벌레를 먹었다고 했어. 갈색 거저리였지, 아마?"

"남아메리카와 멕시코도 벌레를 먹는 음식 문화가 있어. 고추와 라임으로 맛을 낸 흰개미를 먹었다는 친구가 두 명 있지."

아빠가 뛰어들자 엄마가 다시 덧붙였어.

"미국에도 있어. 아메리카 원주민인 오논다가족은 17년마다 출현하는 매미를 먹는단다. 버터와 마늘을 넣고 요리하지."

"내 말 맞지? 다들 벌레를 먹는다고."

나는 오빠를 향해 빙긋 웃고 상자를 열었어.

헨리 오빠가 귀뚜라미 한 마리를 포크로 쿡 찍어 들고 유심히 살펴봤어. 오빠는 뭐든지 분해해. 컴퓨터, 장난감 심지어 커피 메이커까지! 그래서 우리 집엔 철사며 스프링이 아무 데나 굴러다녀. 오빠는 귀뚜라미를 잠깐 바라보다가, 그대로 입안에 넣고 씹은 다음 삼켰어.

"음, 해바라기 씨 같은 맛이네. 도리토스* 같기도 하고! 바삭바삭한 견과류 맛이야."

아빠도 손바닥 위에 귀뚜라미 한 마리를 올리고는 냄새를 맡았어. 아빠는 후각이 무시무시하게 예민해. 아빠가 그러는데 맛의 80%는 냄새로 느끼는 거래.

"냄새 테스트는 통과했고! 좋아, 그럼 간다."

아빠는 귀뚜라미를 통째로 꿀꺽 삼켰어. 그러고는 입을 짭짭거렸지.

"별미로구나!"

연갈색 눈을 찡그린 채 바라보고 있던 엄마도 귀뚜라미를 한 마리 먹었어.

"진짜 맛있죠? 진짜죠?"

식구들이 다들 맛을 봐서 정말 행복했어. 별로 놀라운 일은 아니야. 내 호기심이 어디에서 왔겠어?

"파스타에도 뿌려 먹어요. 귀뚜라미에는 단백질이 많이 들어 있대요. 엄마는 나한테 늘 단백질을 더 먹으라고 하잖아요."

나는 채식주의자야. 채식주의자가 된 계기는 작년 어느 밤, 식구들과 함께 본 다큐멘터리 때문이었어. 고기로 쓰려고 기르는 동물들이 얼마나 잔인하게 사육되고 죽임을 당하는지 보여

----

* 미국 마트에서 흔히 파는 옥수수 칩 과자

주는 다큐멘터리였지. 그때 본 영상은 나에게 평생 남을 상처를 주었어. 아주 깊은 상처를. 나는 그 잔인한 사실 앞에 눈이 빠지도록 울었어. 그 후로 규칙을 하나 정했어. 껴안고 싶을 만큼 귀엽거나 고통을 느끼는 생명체는 먹지 않겠다고. 브로콜리는 고통을 느끼지 않으니까 괜찮아. 초콜릿 칩 쿠키도 그렇고. 치즈는 귀엽지 않지.

"잠깐만요!"

나는 잠시 숨을 골랐어.

"곤충은 괜찮을까요? 곤충도 고통을 느껴요? 채식주의자는 곤충을 먹어도 되나요?"

아빠는 수염이 텁수룩한 턱을 긁었고, 엄마는 어깨를 으쓱했어. 나는 부엌 조리대 위에 잔뜩 쌓여 있는 아직 뜯지 않은 우편물 더미 사이에서 태블릿 컴퓨터를 찾아 들고 검색을 시작했어.

나는 여러 페이지를 열어 본 다음 결론을 얻었어.

"휴! 곤충은 대부분 아픔을 느끼지 못한대요. 고통받지 않는 거죠. 그러니까 저도 엔토테리언이 될 수 있겠어요. 아, 엔토테리언은 채식을 하면서 곤충을 먹는 사람이에요. 게다가 곤충은 귀엽지도 않고 껴안고 싶게 생기지도 않았어요. 곤충을 안아 줄 순 없죠."

"곤충을 먹는 게 옳은지 그른지 따지는데, 껴안을 수 있는 거랑 무슨 상관이야?"

헨리 오빠가 도전해 왔어. 오빠는 뭐든 따지려고 든다니까.

"껴안는 건 아주 깊은 관계가 있어. 우리는 다들 벌레를 밟거나 때려잡아. 나도 모기를 죽이지. 그래도 마음이 불편하지 않잖아? 그러니까 벌레는 먹어도 괜찮을 거야."

"하지만 누구나 다 벌레를 먹지는 않아. 그건 왜지?"

오빠가 눈을 가늘게 뜨고 나를 바라봤어. 오빠 눈동자도 나처럼 초록빛이 도는 회색이지만, 오빠는 코와 턱이 더 날카로워. 혀도 날카롭다고, 아빠는 오빠를 놀리곤 하지.

"몰라."

나는 조금 더 검색을 했어.

"잠깐만……. 사실 우리는 모르는 사이에 해마다 벌레를 450에서 900그램 정도 먹고 있대. 작은 벌레들이 무임승차를 하거든. 채소나 과일에 몰래 올라타는 거야. 샐러드나 주스에도 들어 있고. 심지어 초콜릿에도 들어 있대."

그날 밤, 나는 엄마와 하던 만들기 프로젝트 대신 벌레에 대해 계속 조사했어. 우리는 달마다 하나씩 새로운 만들기 프로젝트를 하거든. 요즘은 동네 중고 시장에서 산 꽃무늬 중국 접시를 깨뜨려서, 집에 있던 오래된 나무 탁자에 붙이고 있어. 재미난 모자이크가 되어 가는 중이지. 오늘은 엄마가 나를 이해해 줬어. 엄마는 '심층 탐구'에 도움을 아끼지 않거든. 심층 탐구는 어떤 주제에 대해 찾을 수 있는 모든 사실을 찾아본다는 뜻이야.

나는 끊임없이 벌레에 대해 생각했어. 귀뚜라미뿐만 아니라, 모든 벌레에 대해서.

요 작은 벌레들이 이렇게 매력적일 줄 누가 알았겠어?

< 벌레들의 대단한 점 >

세상에는 벌레가 정말 정말 많다. 백만 종도 넘는 다양한 벌레가 있다.

또, 4억 년 이상 지구에서 살아왔다. 공룡보다 먼저 나타나서, 지금까지 살아남았다는 뜻이다.

메뚜기는 귀가 배에 있다. 개미는 무시무시하게 강하다. 자기 몸무게보다 5,000배 무거운 것을 들 수 있다. 내가 흰긴수염고래를 드는 셈이다.

4장

제이미 : 버그 걸한테 걸렸어

공책을 펼치고 에리카와 사마라의 책상 쪽으로 몸을 더 숙였다. 톰슨 선생님은 화이트보드에 맹렬하게 뭐라고 쓰는 중이었다. 초록색 펠트펜에서 뻑뻑 소리가 났다. 우리는 모두 떠들고 있었다. 하지만, 선생님은 칠판을 향해 있을 때 우리가 떠들어도 신경 쓰지 않는 것 같았다.

"안 그래?"

사마라가 나에게 물었다. 사마라와 에리카는 새로 나온 무슨 뮤직비디오 이야기를 하고 있었다.

나는 엄지손가락 거스러미를 깨물며 열심히 고개를 끄덕였다. 나는 소리 없이 고개 끄덕이기 대왕이다. 무슨 말을 해야 할지 모르겠을 때면 고개를 끄덕인다. 그런 때는 자주 있다.

'빨리 수업 좀 시작하세요.'

마음속으로 톰슨 선생님을 재촉했다. 나는 그 뮤직비디오를 보지 않았기 때문에 괜히 바보 같은 소리를 하고 싶지 않았다. 에리카와 사마라는 내가 유행에 꽤 민감한 줄 알고 있지만 사실은 그렇지 않다.

우리 집에서는 유행하는 걸 볼 수 있는 사이트가 막혀 있다. 모두 금지다. 부모님은 그런 '헛것'을 보다가는 뇌세포가 파괴되고 공부를 멀리하게 될 거라고 굳게 믿었다. 실은 그 반대였지만! 내가 노래 가사 외울 방법을 찾아 헤매지 않아도 되었더라면 오히려 숙제에 더 많은 시간을 썼을 것이다. 남들이 다 아는 노래는 나도 아는 척, 아무 때나 부를 수 있어야 했다.

나는 다섯 살 때, 중국의 소도시에서 미국 뉴욕주 북부로 이사 왔다. 미국 아이들이 어떻게 사는지는 전혀 몰랐다. 조금도. 디즈니나 레고도 몰랐다. 운 좋게도 스펜서가 길 건너에 살았다. 나는 스펜서네 집에서 몇 시간씩 텔레비전을 보고, 스펜서의 컴퓨터를 쓰고, 음악을 들었다.

그래, 예전에는 그랬다. 스펜서가 그립다. 말도 안 되는 이야기지만. 스펜서는 내 바로 뒤에 앉아 있기 때문이다.

톰슨 선생님이 손으로 책상을 탁 쳤다.

"여러분, 드럼!"

스무 쌍의 손이 책상을 흔들자 철제 책상이 리놀륨 바닥에

제이

부딪혀 두구두구두구 드럼 소리를 울렸다. 톰슨 선생님이 연한 청색 셔츠 소매를 팔꿈치까지 걷어 올리고 화이트보드를 가리켰다.

"우리의 초대형 프로젝트!"

선생님이 연극배우처럼 손짓했다.

화이트보드에는 '피칭! 지상 최대의 청소년 창업 경진 대회!'라고 적혀 있었다.

나는 씩 웃었다. 원래는 선택 과목으로 '음식 문화 탐험'을 듣고 싶었다. 마카로니 앤 치즈를 만들어 먹기 때문이다. 하지만 부모님이 '비즈니스 교육과 기업가 정신' 수업을 신청하라고 했다. 수업을 맡은 톰슨 선생님이 광고 회사를 세워 성공적으로 경영하다 매각했다는 이야기를 들었던 것이다. 학교가 시작된지 한 달이 막 지났을 뿐이지만 나는 이미 톰슨 선생님 수업이 좋았다. 선생님은 우리를 교실에 갇힌 애들이 아니라 잘나가는 회사의 직원들처럼 대해 주었다.

"좋아요, 여러분. 우리는 프로젝트의 닻을 올릴 겁니다. 비즈니스를 시작해서 성장시키는 법을 배우는 프로젝트예요."

톰슨 선생님이 교실 안을 거닐며 말했다. 선생님은 키가 정말 커서 몇 걸음만 걸으면 교실 끝까지 갔다가 돌아올 수 있다.

"기억을 되살려 봅시다. 비즈니스란 뭐죠?"

"비즈니스는 상품이나 서비스를 만들고 사고파는 일이에요."

라울이 대답했다.

"정확해요. 그리고 기업가는 새로운 무언가, 아무도 감히 시도하지 못한 새로운 것을 꿈꾸고 그걸 비즈니스로 만들 용기를 지닌 사람이죠. 바로 여러분이 기업가가 될 겁니다. 여러분이 스타트업 회사를 경영하는 기업가가 될 거예요."

톰슨 선생님은 잔뜩 흥분한 탓인지 숨이 찬 듯 잠깐 걸음을 멈추었다.

"여러분은 실제 비즈니스에서 하는 모든 일을 할 겁니다. 상품을 만들고 테스트하고 광고하고 파는 거죠. 지금부터 한 달 뒤, 여러분은 이곳 브룩데일 중학교에서 심사 위원단에게 피칭을 하게 됩니다. 피칭은 여러분의 사업이 성공할 거라고 설득하는 프레젠테이션을 말해요. 가장 훌륭한 피칭을 한 팀이 우승합니다."

"상금도 있나요?"

릴리가 물었다. 톰슨 선생님은 손을 들지 않고 발표하는 것을 허락한 유일한 선생님이었다. 손을 드는 동안 아이디어의 자연스러운 흐름이 끊기기 때문이라고 했다.

"물론이죠."

톰슨 선생님이 씩 웃었다.

"우승자에게는 200달러의 상금과 지역 대회에서 다른 학교 팀들과 경쟁할 기회가 주어집니다. 그다음엔 주 대회와 전국 대회가 이어지고요. 하지만 먼저 교내 경쟁에서 이겨야 합니다."

"제가 우승할 거예요."

라울이 선언했다. 스펜서가 코웃음을 쳤다.

"그럴 리가. 너도 아는지 모르겠는데, 우리 가브 삼촌이 캔디 커넥스트라는 앱을 만들어서……"

반 아이들이 한꺼번에 한숨을 쉬었다.

"우리 다 알아. 네가 백만 번 말했잖아."

라울이 말했다.

"설명이 더 필요 없다는 뜻이야. 기업가 정신이 우리 집안 핏줄에 흐르고 있다고. 명성도 마찬가지지. 상금을 받으면 전동 킥보드를 살 거야."

스펜서가 뻐기듯 말했다.

다들 상금을 받으면 무슨 신나는 일을 할지 말하기 시작했다.

나는 내가 뭘 할지 정확히 알고 있었다. 울컷 스트리트에 있는 스파크스라는 옷 가게에서 옷을 살 것이다. 부모님은 34번 고속도로를 타고 바겐웨이스까지 가서 우리 옷을 사 준다. 엄마, 아빠는 바겐웨이스에서 파는 옷도 똑같이 좋다고 주장하지만, 두 분은 패션에 대해서 아무것도 모른다. 엄마, 아빠는 늘 아끼고 또 아낀다. 중국에선 그렇게 한다고 한다. 아무 쓸모 없는 말이다. 미국으로 이사를 왔으면 미국 사람들처럼 살아야 하는 거 아닐까?

"다들 잘못 생각하고 있군요!"

톰슨 선생님이 외쳤다.

"상금은 개인적으로 쓰라고 주는 게 아닙니다. 킥보드를 살 수는 없어요."

반 아이들의 아쉬움을 담은 탄식이 터졌지만 이내 잦아들었다. 선생님은 피칭 대회가 토너먼트 형식으로 이루어진다고 설명했다. 교내 대회에서 우승하면, 우승 상금을 다시 투자해 회사를 개선하고 성장시키는 것이 규칙이다. 그런 다음 한 단계 위 대회에서 다시 경쟁한다. 거기서 또 우승해 상금을 받으면 다시 회사에 투자해 위로 올라가고 마지막에 전국 대회에서 경쟁하게 된다.

전국 대회라니, 마음에 들었다.

'끝까지 해 볼 거야! 우승할 수 있어. 난 공부를 잘하잖아. 창업 발표회라고 별거 있겠어?'

우승한 내 사진이 뉴스 사이트마다 실려 있는 모습을 상상했다. 빳빳한 정장을 입은 나는 세련되고도 지적으로 보이겠지. 부모님은 친척들에게 동네방네 자랑할 것이다. 우리 딸이 중요한 일을 해냈다고! 부모님은 언젠가 꼭 개인 사업을 하고 싶다고 입버릇처럼 말했다. 그래, 나는 바로 지금 시작할 수 있다. 부모님의 자랑이 될 수 있다!

"교과서는 없어요. 우리는 해 보면서 배울 겁니다."

제이

톰슨 선생님의 목소리에 나는 상상에서 깨어났다.

"여러분은 모두 실수를 할 겁니다. 그리고 그 실수에서 배울 거예요."

나는 아무 실수도 하고 싶지 않다. 이기고 싶다. 내가 우승하면 에리카와 스펜서는 감격할 것이다. 우리 부모님도. 그리고 아무도 나를 잊지 않을 것이다.

"우선 파트너를 정하겠습니다."

다들 몸을 이리저리 돌리는 통에 의자 다리가 끽끽거렸다. 나는 재빨리 에리카를 보았지만, 에리카는 이미 사마라와 짝을 지었다.

'미안해.'

에리카가 사과하듯 어깨를 으쓱하며 입 모양으로 말했다.

나는 곧 스펜서에게로 눈길을 옮겼다. 초등학교에서 우리는 모든 조별 과제를 함께 했다. 나는 스펜서가 바보 같은 실수를 해도 별로 신경 쓰지 않았고, 스펜서는 내가 대장 노릇을 하게 놔두었다. 우리는 훌륭한 파트너였다. 하지만 라울, 디온, 오웬이 스펜서를 둘러쌌고 넷은 재빨리 짝을 지었다. 스펜서는 내 쪽을 한 번도 보지 않았다. 교실 곳곳에서 순식간에 팀이 만들어졌다.

"앉으세요, 여러분. 파트너는 내가 정해 줄 거니까요."

선생님이 굵은 목소리로 말했다. 나는 조용히 안도의 한숨을 내쉬었다. 톰슨 선생님은 나를 좋아한다. 분명 좋은 파트너를 정해 줄 것이다.

선생님이 짝이 될 아이들을 부르기 시작했다. 마침내 내 이름이 나왔다.

"제이 우는…… 핼리 앰브로즈와 비즈니스를 시작하세요."

스펜서가 내 뒤에서 큰 소리로 낄낄댔다.

"버그 걸이네."

그리고 내 귀에 대고 속삭였다.

"버그 걸한테 걸렸어!"

'말도 안 돼.'

나는 이상한 여자애를 파트너로 두고 싶지 않았다.

톰슨 선생님은 브레인스토밍을 시작하라고 지시했다. 내가 눈치채기도 전에, 핼리가 환하게 웃는 얼굴로 내게 달려왔다.

"안녕, 파트너! 준비됐니? 이거 꼭 「샤크 탱크」* 학교 버전 같다. 그렇지? 나 진짜 좋은 아이디어 많아. 넌 어때?"

핼리가 빈자리에 비집고 들어와 앉았고, 그 통에 책상이 내 책상에 부딪쳤다. 나는 몸을 움츠리며 옆을 살폈다. 에리카와 릴리는 함께 속삭이고 있었다. 뒤에서 스펜서의 웃음소리가 들

---

* 미국의 TV 리얼리티 쇼. 스타트업 창업자들이 나와 자신들의 사업을 설명하면 주로 기업가인 심사 위원들이 내용을 평가하고 가능성 있는 비즈니스에 투자한다.

렸다.

"나는 핼리라고 해. 벌써 알겠지만. 톰슨 선생님이 방금 이름을 불렀으니까."

핼리가 손을 내밀었다. 나는 자신 없게 그 손을 보고만 있었다. 악수를 하자는 건가? 애들도 악수를 하나? 나는 손을 내밀지 않았다.

"나는 제이야."

중얼대듯 내 소개를 했다.

"알아!"

핼리가 내밀었던 손을 집어넣었다. 내가 손을 잡지 않았어도 신경 쓰지 않았다.

"브레인스토밍은 어떻게 하는 게 좋아?"

"응?"

내가 눈을 깜빡거리며 되물었다.

"너도 나처럼 목록 만드는 타입이야? 아니면 생각이 떠오르는 대로 자유롭게 적는 타입? 우리 오빠는 그래. 아니면 시각적 사고 타입이야? 우리 엄마는 생각한 걸 그림으로 그리는데, 그건 엄마가 우뇌로 생각하기 때문이래. 엄마는 예술가라서."

핼리가 조그마한 검은색 수첩을 펼쳤다.

나는 내가 어떤 타입인지 한 번도 생각해 본 적 없었다.

"나는 목록을 만드는 타입인 것 같아."

"잘됐다! 우린 최고의 파트너가 될 거야!"

핼리가 진지한 얼굴로 환하게 웃었다. 그 틈에 나도 그만 마주 보고 웃었다.

문득 에리카가 우리를 보고 있는 게 느껴졌다. 나는 표정을 고치고 멋쩍게 손을 흔들어 보였다. 에리카도 나에게 손을 흔들더니 뚱한 얼굴을 했다. 침을 꿀꺽 삼키고 핼리 쪽으로 돌아앉았다. 핼리는 수첩에 희한한 글씨로 큼지막하게 제목을 쓰고 있었다.

제이와 함께 브레인스토밍 - 우리의 굉장한 아이디어!

"난 우승하고 싶어."

내가 불쑥 말했다. 힘주어 말한 것에 나 스스로가 놀랐다.

"나도야."

핼리가 하이 파이브를 하자는 듯 손을 들었고, 나는 머뭇머뭇 손을 마주쳤다.

"우리가 우승할 거야. 나한테 세상 최고로 좋은 아이디어가 있거든! 준비됐니? 기절할지도 모르니까 조심해!"

나는 고개를 끄덕였다. 핼리가 감탄하듯 말하는 게 좋았다.

핼리가 내 쪽으로 더 가까이 다가왔다.

"우린 더 많은 사람이 벌레를 먹을 수 있도록 돕는 제품을 만들 거야."

"뭘 한다고?"

나는 눈을 깜빡였다.

"왜 우리가 그걸 해야 해?"

"그야 벌레는 너무너무 놀라우니까. 정말이야! 게다가 벌레는 아주 건강하고……."

"난 안 해."

"벌레를 먹을 수 있는 방법은 아주 다양해. 그리고……."

"안 해. 별로야."

내 머릿속엔 스펜서와 에리카가 뭐라고 할까 하는 생각뿐이었다.

"하지만……."

핼리가 아랫입술을 깨물었다. 그때 종이 울렸다.

"벌레는 안 돼."

나는 단호하게 말했지만, 핼리가 눈을 크게 뜨는 것을 보고 목소리를 누그러뜨렸다.

"우리 아이디어 목록을 만들어 보자. 처음에 하기로 한 것처럼."

수업이 끝나자, 아이들은 우르르 복도로 향했다. 나는 걸음을 늦추고 아이들 틈으로 휩쓸려 가는 핼리를 지켜보았다.

'재는 왜 저렇게 벌레에 매달리는 걸까?'

아무래도 내가 적극적으로 나서야 할 것 같다. 오늘 밤에 굉장한 비즈니스 아이디어 목록을 만들 것이다. 벌레하고는 털끝만큼도 상관없는 걸로!

핼리 : 우리에게 필요한 것

제이가 손가락으로 머리카락을 배배 꼬고 있는 걸 봤어. 귀로는 톰슨 선생님 말을 듣고 있었지만 눈으로는 교실 안을 재빨리 훑더라. 누가 뭘 하는지 목록이라도 쓰려는 것처럼 말이야. 제이를 보니까 가늘고 긴 더듬이를 활용하는 곤충이 떠올랐어. 곤충은 더듬이로 뭐든지 할 수 있어. 느끼고 냄새 맡고 맛을 보고 듣기도 해. 주변에서 무슨 일이 일어나고 있는지, 더듬이를 통해 정보를 모으는 거야.

좋아, 제이는 왕개미로 정했어! 여왕개미는 아니지만, 진지하고 믿음직한 일개미거든.

어제 저녁을 먹으면서 자기가 어떤 곤충과 가장 비슷한지 이야기해 보자고 했어. 엄마는 나비였어. 아빠는 잠자리. 헨리 오빠는 사마귀였고. 오빠는 내가 호박벌이라고 했지만, 내 생각에 난 무당벌레야. 둘 다 알록달록하지만, 난 아무도 쏘지 않아. 폭력에는 절대 반대라고!

그래, 맞아……. 난 아직도 벌레 생각에 푹 빠져 있어.

내 비즈니스 아이디어를 얼른 제이와 나누고 싶어서 초조하게 다리를 달달 떨었어. 기나긴 목록을 만들었지. 지금도 벌레 먹기 사업이 가장 마음에 들지만, 다른 아이디어도 적어 봤어.

그것도 다 벌레에 대한 거지만.

톰슨 선생님이 책상을 움직여서 파트너끼리 나란히 앉도록 했어. 선생님이 사마라와 재즈미나를 가리켰어.

"두 사람은 어떤 비즈니스를 시작할 생각이지?"

"브라우니를 구워서 팔려고 해요."

사마라가 말했어.

"브라우니라, 좋아. 하지만 왜?"

"왜냐고요?"

사마라가 불안한 눈으로 파트너 재즈미나를 돌아보았어.

"브라우니를 좋아해서요."

"나도 브라우니를 좋아해. 그런데 너희가 만들 브라우니는 어떤 점이 다르지?"

톰슨 선생님이 책상에 걸터앉으며 말했어.

"브레인스토밍을 브라우니 같은 상품에서부터 시작하는 건 좋지 않아요. 해결해야 할 문제부터 시작하세요. 더운 날 레모네이드 가판대는 차가운 음료가 필요한 목마른 사람들의 문제를 해결할 수 있어요. 눈보라가 치는 날에는 레모네이드 가판대를 세워도 의미가 없죠. 푹푹 찌는 날에 뜨거운 코코아를 파는 것도 마찬가지입니다. 브라우니는 어떤 문제를 해결할 수 있죠?"

"배고픈 문제?"

소피아가 대답했어.

"단 걸 먹고 싶을 때는요?"

오웬이 의견을 냈어.

"하지만 단 걸 먹고 싶다면 아이스크림을 사 먹을 수도 있고, 가게에서 파는 수많은 브라우니 중에 아무거나 고를 수도 있어. 너희의 브라우니는 어떤 점이 특별하지? 여러분, 좀 더 창의력을 발휘해 봅시다."

선생님이 재촉했어.

"브라우니를 엄청나게 건강하게 만들면 어떨까요? 단백질 파우더를 넣는 거예요. 우리 엄마가 파스타 소스나 팬케이크에 넣는 것처럼요."

내가 제안했어. 톰슨 선생님이 손바닥을 맞비볐어.

"자, 이제 우리는 브라우니를 만들고 있습니다. 누가 핼리의 아이디어에 살을 붙여 볼까?"

"브라우니에 당근을 넣어서 아이들이 채소를 더 많이 먹을 수 있게 하면 어때요? 아이들은 채소를 별로 좋아하지 않지만 브라우니는 좋아하니까요."

바빅 파스텔이 말했어.

"그게 바로 내가 바라는 문제 해결 사고입니다. 브라우니가 또 어떤 문제를 해결할 수 있을까?"

"개가 먹을 수 있는 브라우니는 어때요? 얼마 전부터 강아지를 키우기 시작했어요. 세상에서 가장 귀여운 래브라두들이죠."

릴리가 물었어.

"너 아무것도 모르는구나, 릴리. 개는 초콜릿 먹으면 죽어. 넌 사람들이 키우는 개를 다 죽인 죄로 감옥에 가게 될 거야."

라울이 겁을 주었어. 릴리의 눈이 휘둥그레졌어.

"정말?"

"개도 먹을 수 있는 재료로 브라우니를 구우면 괜찮을 거야."

제이가 용기를 북돋아 주듯 릴리를 바라보며 웃었어. 제이의 저런 행동이 좋아.

"개는 브라우니 안 먹고 싶어 해."

바빅이 반대 의견을 냈어.

"그렇지 않아. 우리 개는 약 먹는 걸 싫어해. 브라우니 안에 약을 숨겨서 개한테 몰래 먹일 수 있으면 좋겠다. 그럼 문제가 해결될 거야.”

에리카가 말했다.

“분명히 해결되겠구나.”

톰슨 선생님이 벌떡 일어섰어.

“비즈니스에서는 문제를 페인 포인트라고도 합니다. 아픈 곳, 불편한 곳이라는 뜻이죠. 최고의 상품이나 서비스는 페인 포인트에 대해 고민할 때 나옵니다. 이제까지 없었던 걸 창조할 수도 있고요, 이미 있었던 것에 무언가를 덧붙여서 더 좋게 바꿀 수도 있죠. 예를 들어 햄버거 같은 것을요.”

“새로 나온 할라피뇨 고추 추가 스페셜 칠면조 버거 같은 거네요!”

오웬이 외쳤다.

“아주 맛있지.”

톰슨 선생님이 배를 두드렸어.

“핸드폰이 처음 나왔을 때는 오직 전화를 거는 기능밖에 없었답니다. 그래요. 다른 기능은 아무것도 없었죠. 그러다가 누군가가 생각했어요. ‘전화가 오지 않을 때 이걸로 게임을 하면 재밌지 않을까?’ 그 사람은 핸드폰에서 할 수 있는 게임을 만들었어요. 이번엔 다른 사람이 생각했죠. ‘친구한테 약속 장소를 알려 주고 싶지만 긴 이야기는 하고 싶지 않아.’ 거기서 문자 메시지라는 아이디어가 태어났습니다. 또 다른 사람은 생각했어요. '기분이 좋다고 친구에게 전하고 싶어. 줄줄 길게 쓰지 않고도.' 그래서 웃는 얼굴 이모티콘이 나왔지요. 가능성은 끝이 없습니다. 자, 이제 몇 분 동안 파트너와 이야기를 해 봅시다. 페인 포인트를 찾아내고 아이디어를 공유하세요."

제이가 날 보면서 줄이 쳐진 종이를 조심스럽게 펼쳤어.

"기술을 이용해서 뭔가를 만들어야 해. 스펜서네 가브 삼촌이 캔디 커넥스트를 만든 것처럼 말이야."

제이가 자기가 쓴 개미만 한 글씨를 가리켰어.

"내 첫 번째 아이디어는 소셜 미디어 앱을 만드는 거야. 브룩데일 중학교 전교생을 연결해 주는 앱."

"어떻게 연결해?"

"채팅도 하고 게임도 할 수 있는 특별한 앱으로."

"그런 건 벌써 있지 않아?"

"우리가 만드는 건 특별할 거야. 학교에 있을 때만 쓸 수 있지."

"그걸로 무슨 문제를 해결할 수 있는데?"

제이가 팔짱을 꼈어.

"그런 식으로 말하지 마."

"그런 식? 문제를 해결하라고 한 건 톰슨 선생님이야."

제이의 아이디어에 무작정 반대하려는 건 아니었어. 하지만 어떤 점이 특별한지 도무지 모르겠는걸.

핼리

제이가 에리카를 뚫어져라 쳐다봤어. 에리카는 고개를 숙이고 릴리와 브레인스토밍을 하는 중이었지. 그러다 제이가 다시 나를 마주 봤어.

"같은 학교를 다녀도 아이들은 서로를 잘 모르지. 그게 '문제'야. 그리고 누군가에게 말을 걸고 싶을 때, 학교에서 직접 만나는 것보다 디지털 수단을 통하는 편이 더 쉬울 때가 있지."

"무슨 말인지 알겠어. 하지만……."

나는 말을 멈췄어. 너무 심하게 말하지 말자고 한 번 더 다짐하면서. 어쨌든 나도 제이에 대해 거의 모르니까.

"하지만…… 내가 여기 있는 많은 애들이랑……."

나는 라울을, 이어서 스펜서를 흘깃 봤어.

"다 연결되고 싶은지는…… 잘 모르겠어."

"뭐 어때? 네가 잘 몰랐던 공통점이 있을지도 모르잖아? 앱에는 누구나 들어올 수 있어. 커다란 대화 그룹이 만들어지겠지. 아무도 소외되지 않을 거야. 패거리도 없어질 테고. 그렇지? 자, 이제 문제도 있고 해결책도 있어."

"알았어."

제이는 열정적이고 확고했어. 그 점은 훌륭하다고 생각해. 뭐, 아이디어는 마음에 들지 않았지만 어쩔 수 없지. 나는 생각 수첩의 새 페이지를 펼쳤어.

"가능성 있는 아이디어를 목록에 추가하자."

"가능성이 있는 정도가 아니라 아주 높다구!"

제이가 코웃음을 쳤어.

제이가 나머지 아이디어 목록을 쭉 읽었어. 가상 옷장. 학교 식당 음식에 순위를 매기는 사이트. 숙제 체크 리스트. 그중에선 학교 SNS가 제일 좋은 아이디어라는 데 둘 다 동의했어.

이제 내가 말할 차례였어.

"벌레 식품."

"장난하니? 그건 그만둬."

제이가 고개를 절레절레 저었어.

"들어 봐. 벌레 식품은 아주 많은 페인 포인트를 해결할 수 있어. 단백질을 충분히 섭취하지 않는 사람들이 많아. 특히 채식하는 사람들. 벌레 식품으로 해결할 수 있는 수많은 문제 중의 하나야. 그것 말고도 환경 문제와……."

"진지하게 말하는데, 핼리, 진짜 진지하게! 그거 이상하고 역겨워. 아무도 그런 걸 먹고 싶어하지 않는다고! 우리가 이기려면 앱을 만들어야 해. 페이스북 사장도 SNS를 만들어서 지금은 어마어마한 갑부가 됐잖아."

"테크 어쩌고가 아니라고 해서 나쁜 아이디어는 아니야."

내가 말했어.

제이가 이렇게 고집이 세다니 정말 놀랐어. 내가 벌레에 대해 조사한 사실을 알려 주고 벌레가 아주 대단하다는 걸 제이가 깨

닫기만 하면 나를 따라올 줄 알았지. 하지만 제이에게 내 말을
시작조차 못 했어.

우리는 말없이 앉아 있었어. 나는 제이 아이디어가 싫었어.
제이는 내 아이디어가 싫었고. 다른 애들은 주변에서 큰 소리로
브레인스토밍을 하는 중이었어. 우리 둘은 시무룩하게 앉아서,
다른 아이들의 이야기가 들리는 대로 가만있었지.

"구슬로 팔찌를 만들고 구슬 색깔을 고를 수 있게 하면?"

"지역 레스토랑과 계약해서 학교에 점심을 배달하도록……."

"다람쥐 목줄을 만들어서 집에서 다람쥐를 키울 수 있게 훈
련을……."

뭐? 그 순간 나도 모르게 제이를 쳐다봤어. 제이도 나를 보더
라고. 눈이 마주친 순간, 우린 같이 웃기 시작했어. 한 번 웃음이
터지니까 멈추질 않는 거야. 다람쥐 목줄? 우리 아이디어 중에
제일 어이없는 것도 그것보단 훨씬 낫겠다!

"한번 봐."

내 생각 수첩을 제이 쪽으로 밀었어.

제이가 흥미롭다는 듯 몇 장 넘기면서 내가 끼적댄 것들을 살
펴봤어.

"여기 쓴 게 다 목록이야?"

"응, 목록 만들기 좋아하거든."

나는 어젯밤에 쓴 목록을 펼쳤어.

고기 말고 곤충을 먹자!

곤충은 물이 아주 조금 필요하다./소는 많이 필요하다.

- 쇠고기 1kg을 생산하려면 약 16,700L의 물이 필요하다.(작은 수영장을 채울 수 있는 양!)

- 귀뚜라미 1kg을 생산하는 데 8L의 물이 필요하다.

계산을 하자!

지구에 존재하는 곤충은 모든 지구인이 먹을 수 있을 만큼 많다./소는 모두가 먹기에 부족하다.

- 곤충이 배고픔을 해결한다!

소의 방귀 때문에 우리 지구가 점점 더 더워진다./벌레는 방귀를 뀌지 않는다.(적어도 내가 알기로는)

- 곤충을 먹으면 지구를 구할 수 있다!

소는 귀엽다./곤충은 안 귀엽다.

제이의 갈색 눈동자가 어두워졌어. 무슨 생각을 하고 있는지 다 보이네.

"어때? 좋지?"

심장이 점점 더 빨리 뛰었어. 벌레에 대한 정보를 좀 더 말하고 싶었어.

"우리가 세상을 바꿀 수 있어. 전 세계 사람들이 먹을 식량을……."

"핼리, 그만."

제이가 짜증 섞인 목소리로 말했어.

"다 맞는 말이야. 하지만 아무도 벌레를 먹고 싶어 하지 않아. 전에도 먹어 본 사람은 너 하나밖에 없었잖아."

"그렇다고 해서……."

나는 더 말을 이어 가지 못했어. 제이가 갑자기 스펜서와 바빅이 하는 우스운 이야기에 귀를 기울이는 게 보였거든. 내가 무슨 말을 하든 중요하지 않은 것처럼.

"가장 좋은 아이디어로 의견을 좁히세요."

톰슨 선생님이 외쳤어.

"학교 SNS가 가장 좋아. 그걸로 가자."

제이가 단호하게 말했어.

나는 대답하지 않았어. 대체 왜 그걸 해야 해?

'곤충 비즈니스는 집에서 해야겠다. 그게 더 나아. 학교 과제로 하기엔 너무 놀라운 아이디어니까…….'

나는 속으로 생각했어.

조금이라도 관심을 기울이면 누구나 나처럼 생각할 텐데, 아쉬웠어.

6장

제이 : 복잡한 관계들

오웬과 라울이 스펜서와 함께 버스에서 우르르 내리는 걸 보고 놀랐다. 스펜서가 크로스컨트리 팀에 들어간 뒤로, 몇 주 동안 우리 정류장에서는 나 혼자만 내렸다. 스펜서는 최근에 늦은 시간 버스를 타고 집으로 돌아왔다.

"오늘은 연습 없어?"

스펜서네 집 대문 앞까지 가서 내가 물었다.

"코치 선생님이 지도자 모임에 간대."

라울이 대신 대답했다. 그러곤 야구 모자 챙을 들어 올렸다가 다시 눌러썼다. 그 바람에 검은 앞머리가 라울의 눈을 덮었다. 그래도 라울이 나를 수상하다는 듯 바라보는 게 전해졌다. 이유는 모르겠지만 라울은 나를 좋아하지 않는다. 만날 때마다 느낄 수 있다.

"너도 근처에 살아?"

라울이 물었다. 라울과 오웬은 우리와 다른 초등학교를 나왔기 때문에, 내가 길 건너에 산다는 사실을 몰랐다. 나는 파란 지붕 집을 가리켰다. 우리 집과 스펜서네 집은 딱 어린 꼬마들이 그린 집처럼 생겼다. 사각형 건물에 삼각형 지붕. 현관문 양쪽에는 창문이 하나씩 있다. 스펜서네 집 잔디 마당에는 꽃이 많이 피어 있지만, 우리 집 마당에는 토마토만 좀 자라고 있다. 아빠는 꽃이 낭비라고 생각한다. 채소는 예쁜 데다 먹을 수도 있다.

"우린 〈핏빛 괴물의 밤〉을 볼 거야. 맞지, 스펜서?"

스펜서가 기대감에 손을 맞비볐다.

"욕조 배수구에서 무시무시한 괴물이 나오는데 진짜 소름 돋는대!"

"조심허레이! 네 피는 부글부글 끓고 심장은 얼려 버릴랑게!"

오웬이 미친 과학자처럼 정신없이 웃었다. 오웬은 항상 괴상한 사투리를 쓴다. 가끔은 기계음 같은 목소리로 로봇 흉내를 낸다.

"완전 잔인한 영화래. 너네 보기 힘들면 중간중간 건너뛰어도 괜찮아."

"너네? 스펜서, 너야말로 그런 영화 못 봐."

내가 장난스럽게 웃으며 말했다. 스펜서는 무서운 건 다 싫어한다. 해리 포터 영화를 처음 봤을 때도 볼드모트가 나오는 악몽을 꿔서 몇 주 동안 방에 불을 켜 두고 잤다.

"제이, 알지도 못하면서 멋대로 말하지 마."

스펜서가 나를 노려보며 말했다. 나는 놀라서 눈을 깜빡였다. 왜 저렇게 화를 내지?

"야, 얼른 들어가서 보자."

스펜서가 현관으로 성큼성큼 걸어 들어갔다. 라울과 오웬도 서둘러 뒤를 따랐다.

나도 가야 하나? 보통 때였다면 그냥 들어갔겠지만 갑자기 자신이 없어졌다. 나는 목을 꽉 막아 오는 덩어리 같은 것을 꿀꺽 삼켰다.

바로 그때, 빨간 자동차가 마당으로 들어왔다. 스펜서의 큰형 마일로의 차였다. 마일로는 서둘러 차에서 내리려다가 머리를 부딪칠 뻔했다. 마일로를 보는 건 오랜만이었다. 이제는 진짜 어른 같았다. 마일로가 나에게 손을 흔들었다.

"안녕, 제제!"

'제제'는 마일로가 오래전에 붙여 준 별명이다. 오랜만에 듣는 다정한 호칭에 웃음이 나왔다.

내 중국 이름은 '제'이다. 하지만 이곳으로 이사 왔을 때, 유치원 담임 선생님이었던 밀턴 선생님은 내 이름을 '제이'라고 발음했다. 나는 영어를 거의 못 했기 때문에 틀린 발음을 고쳐 달라고 말하지 못했다. 내 이름은 제이로 굳어졌다. 두세 달 뒤에, 그때 6학년이었던 마일로가 우연히 이 사실을 알게 되었다. 마일로는 쉬는 시간에 밀턴 선생님에게 달려가서, 내 이름의 정확한 발음은 '제'이고, 선생님이 틀리게 발음했다고 알려 주었다. 선생님은 당황스러워했다. 그래서 나는 선생님에게 계속 제이로 불리고 싶다고 말했다.

"그건 네 이름이 아니야. 네가 아니라고."

마일로는 답답해했다. 내가 제대로 된 이름으로 불려야 한다고 주장했다.

하지만 마일로는 틀렸다. 나는 제이가 되고 싶었다. 이름을 쓸 때도 '제이'라고 쓰기 시작하자 다들 나를 편하게 불렀다. 제이가 되자 이곳에서 내 자리를 찾은 느낌이 들었다.

"안 들어와?"

마일로가 물었다.

"응, 집에 가야 해."

나는 떨어지지 않는 발걸음을 떼며 최대한 자연스럽게 우리 집 쪽으로 향했다.

뭐야? 어떻게 스펜서가 나한테 들어오라는 말을 안 할 수가 있지? 올해 왜 저렇게 못되게 구는 거야? 모든 것이 변해 가고 있었다. 좋지 않은 쪽으로.

같이 초등학교를 다니던 시절로 돌아가고 싶었다. 그때 우리는 숨 쉬는 것처럼 편안한 친구 사이였다. 지금은 우리 사이를 고민해야 한다. 걱정해야 한다.

현관문을 밀고 들어갔다. 공기가 탁하고 후끈했다. 가을 산들바람이 집 안으로 스며들지 못한 걸 보니 할머니가 집에 안 계신 게 분명했다. 할머니가 계셨다면 창문을 열어 두셨을 테니까.

"제 왔니?"

엄마의 부드러운 목소리에 깜짝 놀랐다. 엄마가 오후에 집에 있다니 이상한 일이었다.

엄마는 샌드위치를 만드는 중이었다. 엄마의 움직임은 절도 있고 정확했다. 치즈 한 조각, 한 조각을 정확한 자리에 놓으려고 애쓰는 것처럼 미간을 찌푸리고 있었다.

"엄마, 연구실 안 갔어요?"

책가방을 의자 위에 내려놓으며 중국어로 물었다.

"에디한테 다른 라켓을 가져다줘야 해서. 줄을 끊어 먹었대. 할머니는 에디랑 테니스 코트에 계셔."

엄마가 샌드위치를 플라스틱 용기에 담은 다음, 길고 가는 손가락으로 뚜껑을 꽉 닫았다.

"나는 다시 일하러 가야지. 아빠도 나도 늦게까지 연구실에 있을 거야."

엄마와 아빠는 생화학 연구실에서 함께 일한다. 사람들이 잠을 더 잘 자게 만드는 방법을 연구하고 있다. 생체 리듬과 관련이 있다고 한다. 생체 리듬이란 우리 몸 안에서 돌아가는 시계 같은 것이다. 두 분은 가끔 밤늦게까지 연구실에 머물러서 실험을 했다. 사람들이 잠을 잘 자게 하기 위해, 부모님은 잠을 잘 잘 수 없었다.

스펜서네 가족은 항상 저녁을 함께 먹었다. 일요일이면 하루 종일 침대처럼 거대한 소파에 늘어져 쉬거나, 텔레비전으로 스포츠 경기를 같이 보았다. 우리 집은 그러지 않았다. 우리 엄마와 아빠는 집에 있을 때조차 쉰 적이 없다. 연구 보고서를 쓰거나 집을 수리해야 했다. 중국에 있는 가족과 친구들에게 이메일을 보내거나, 그도 아니면 나와 에디를 주말 중국어 학교에 데려다주는 일을 해야 했다.

우리 엄마 아빠는 이곳에서 태어나지 않았으니까 스펜서네 부모님과 사정이 다를 수밖에 없다. 하지만 엄마 아빠의 삶은 너무 고되어 보인다.

두 분은 원난 대학교에서 만났다. 그때에도 쉴 새 없이 공부했다. 꽤 영향력 있는 과학 박사 한 분이 엄마 아빠에게 미국으로 가서 공부하는 것이 어떠냐고 제안했다. 지원해 주겠다는 약속도 해 줬다. 하지만 엄마 아빠가 실제로 미국에 가기까지는 오랜 시간이 걸렸다. 이주 자격을 얻기 위해선 많은 일을 해 돈을 모아야 했다. 마침내 미국 취업 비자를 받기 직전이 됐다. 바로 그때 내가 태어났다. 중대한 일을 하러 낯선 나라로 떠나는 시기였다. 갓난아기를 데려갈 수는 없었다. 그래서 엄마와 아빠는 나를 두고 미국에 갔다.

나는 다섯 살 때까지 할머니, 할아버지와 중국에서 살았다. 다정하고 아늑했다. 저녁마다 길 건너에 있는 공원에 가서 오리에게 먹이를 주었다. 그때 내 손을 꼭 쥐던 할머니의 굳은살 박인 손이 기억난다. 우리 아파트에는 할머니, 할아버지와 사는 아이들이 많았기 때문에 나는 부모님을 그리워하지도, 심지어 생각하지도 않았다. 부모님은 일요일마다 전화를 했지만, 기억에 남아 있는 건 메이 밍 이야기를 들려주는 아빠 목소리뿐이다. 메이 밍이라는 공작새가 머나먼 여러 곳을 여행하는 이야기였다. 아빠가 나를 수화기 앞에 잡아 두려고 그 이야기를 지어냈다는 건 나중에 알았다. 무슨 질문을 해도 내가 대답하지 않았기 때문이다. 부모님의 전화를 두려워했던 건 사실이다. 그때 나는 그 사람들이 누군지 도무지 알 수가 없었다.

그러다가 할아버지가 심장마비로 돌아가셨다. 할머니와 나는 정말 오랫동안 울었다. 아빠는 할머니에게 나를 데리고 미국으로 오라고 했다. 할머니는 나를 미국으로 데려다준 뒤, 곧장 중국으로 돌아가 비위 고모와 함께 살 계획이었다. 하지만 우리가 미국에 왔을 때, 엄마 배 속에 에디가 있었다. 엄마는 할머니의 도움이 필요했다. 그래서 할머니는 이곳에 남았다. 사실 할머니도 할아버지가 없어서 외로웠다.

할머니는 아직도 가끔 중국으로 돌아가고 싶다고 이야기한다. 나는 할머니가 그런 말을 하는 게 싫다. 보내 주지 않을 것이다. 절대로!

5학년 때 문학 수업에서 직유법을 배울 때였다. 식구 중 한 명을 직유법으로 묘사하라는 과제가 있었다. 나는 할머니를 묘사했다. 딱딱한 나무 의자 위에 앉아 있는 나를 포근하게 받쳐 주는 편안하고 푹신푹신한 쿠션 같다고. 선생님은 의자가 뜻하는 것이 무엇이냐고 물었다. 난 어깨를 으쓱하며 그냥 생각난 거라고 대답했다. 하지만 실은 알고 있었다. 딱딱한 나무 의자는 부모님이었다. 나는 여전히 두 분이 낯설다.

"과학 시험 봤니?"

엄마가 오렌지를 건네며 물었다.

"네. 한 문제 빼고는 다 잘 풀었어요."

광합성에 대한 문제였다고 이야기하자, 엄마는 내가 고른 답이 맞다고 확인해 주었다.

그 뒤로는 침묵이 흘렀다. 우리의 대화는 절대 문단을 이루지 못한다. 한 문장, 한참 뒤에 또 한 문장이 우리가 할 수 있는 최선이다. 나는 오렌지 껍질에 손톱을 푹 찔러 넣어 까기 시작했다. 엄마는 빠져나온 머리 한 가닥을 잡아서 다시 낮게 하나로 고쳐 묶고 있었다. 엄마의 머리 스타일은 늘 똑같다. 같은 종류의 면바지와 어두운 색 블라우스만 입는 것도 한결같다. 나는 엄마가 어떻게 할지 항상 알고 있지만, 엄마와 무슨 말을 나누면 좋을지는 전혀 모르겠다.

할머니한테 이 이야기를 한 적이 있다. 할머니는 엄마가 '말주변이 없을' 뿐이라고 했다. 그럴지도 모르겠다. 엄마는 우리 집에서 가장 조용하니까. 하지만 내 생각엔 우리가 계속 떨어져 지냈던 시간과 관계가 있는 것 같다. 내가 방에 들어갈 때마다 엄마는 아주 살짝 얼굴을 찌푸린다. 내가 왜 거기 있는지 모르겠다는 것처럼. 할머니는 눈치채지 못했겠지만 나는 안다.

"할머니는 에디 테니스 레슨 끝나면 오실 거야."

엄마는 그 말만 남기고 샌드위치 통을 퀼트 가방에 넣은 다음 신발을 갈아 신고 밖으로 나가서 현관문을 닫았다.

나는 익숙한 고요 속에 혼자 남았다. 오렌지를 한쪽씩 떼어 식탁 위에 늘어놓았다. 숙제를 한 문제 풀 때마다 하나씩 먹었다. 수학 문제지 두 장을 풀면서 아빠에게 물어보고 싶은 문제에는 동그라미를 쳐 두었다. 내가 막히는 문제를 내밀면 아빠는 곁에 앉아서 풀이법을 써 준다. 아빠는 아주 참을성 있게 풀이 과정을 하나하나 설명해 준다. 이제 나는 '비즈니스 교육과 기업가 정신' 수업 과제를 꺼냈다.

톰슨 선생님이 바라는 방식대로 과제를 마치려면 핼리와 메시지를 주고받거나 이야기를 나눠야 한다. 턱을 괸 채 핼리를 생각했다. 핼리는 오늘 빨간색 티셔츠를 입었다. 한가운데에 하트 모양 종이 레이스가 달려 있었다. 심지어 분홍색 자수용 실로 꿰매져 있었다. 마치 유치원생들이 밸런타인데이를 맞아 만든 티셔츠 같았다. 설마 직접 만들었을까? 뭐 하러? 핼리는 운동화도 남달랐다. 보통은 유성 펜으로 하트나 별을 그려 꾸미지만, 핼리는 정교한 페이즐리 무늬와 구불구불한 딸기 덩굴을 그려 넣었다. 가까이서 그 신발을 보니 실로 대단한 솜씨긴 했다.

하지만 그래도…….

핼리 속을 도무지 모르겠다. 그 애는 과도하게 열정적이다.

나는 가방에서 파란색 색종이를 한 장 꺼냈다. 반 접고 또 반으로 접으며 핼리를 생각했다. 접힌 선 위를 엄지손톱으로 누르고, 아코디언처럼 주름을 잡았다. 손가락들이 귀퉁이를 질서 정연하게 들어 올렸다가 납작하게 눌렀다. 몇 분 뒤, 손바닥 위에 작은 종이 새 한 마리가 내려앉았다. 나는 빙긋 웃고 종이 새를 배낭 옆쪽 주머니에 넣었다. 주머니 안에는 이미 종이 새 네 마리, 개구리 한 마리, 여우 한 마리, 짜부라진 쥐 한 마리가 있었다.

다 내가 오늘 만든 것이다.

올여름에, 종이학 천 마리를 만든 일본 여자아이에 대한 책을 도서관에서 빌려 읽었다. 나도 만들어 보기로 했다. 종이학을 이백 마리 넘게 접은 다음 동물 접기로 바꿨다. 스펜서와 멀어졌기 때문에 혼자 종이 접을 시간은 많았다. 그리고 이유는 모르겠지만, 가끔 배 속이 울렁거리는 느낌이 들 때 색종이를 접으면 참을 만해졌다.

엄마와 아빠는 내가 종이 동물을 얼마나 많이 만들었는지 상상도 못 할 것이다. 옷장 안쪽 큰 상자가 가득 차 있는 걸 보면…….

누군가 크게 웃는 소리가 들렸다. 오웬이었다. 부엌으로 가서 창밖을 내다보았다. 셋이 길에서 축구공을 차고 있었다. 영화는 무슨!

한참 동안 셋을 바라보자니 견딜 수가 없어졌다. 나는 밖으로 나가 주변을 거니는 척했다. 개들을 보지 않는 것처럼 우편함을 여는 데 집중하며 우편물을 꺼냈다.

"그쪽으로 간다, 제이!"

스펜서가 내 쪽으로 공을 찼다.

나는 공을 잡아서 라울에게 보냈다. 라울은 오웬에게 보냈다. 스펜서가 오버헤드 킥을 선보였다. 꼭 우리가 보통 때로 돌아간 것 같았다. 스펜서가 다시 화를 낼까 봐 영화 이야기는 꺼내지 않았다.

나는 대신 이렇게 말했다.

"핼리가 무슨 비즈니스를 하자고 했는지 알아? 벌레야! 누구나 벌레를 먹었으면 좋겠대!"

스펜서가 자기 허벅지를 때리면서 웃었다. 그럴 줄 알았다.

"걔 왜 그래?"

나는 어깨를 으쓱했다.

"그거 안 할 거야. 나한테 훨씬 더 좋은 생각이 있거든."

"최악은 아니네. 너희가……."

오웬이 입을 열었다.

"그 정도면 최악이지."

스펜서가 말을 끊고 오웬에게 물었다.

"너희는 뭐 할 거야?"

"온라인 화상 숙제 서비스. 매일 학교가 끝난 다음에 특수 효과를 사용해서 복습을 시켜 주는 서비스야. 있잖아, 그래픽으로 딱 보여 주는 그런 거. 결석했거나 수업을 한 번 들은 걸로 이해가 안 되는 애들이 분명히 돈을 낼 거야. 안 그래?"

오웬이 물었다.

"나라면 내겠어."

나는 진심으로 감탄했다. 내가 라울에게 물었다.

"너희는 뭐 해?"

"피터랑 나는 여름용 썰매를 만들어 보려고."

라울이 말했다.

"겨울에 눈이 오지 않는 곳도 많잖아. 그런 데 사는 애들은 썰매 타는 재미를 모르지. 그래서 커다란 스케이트보드처럼 생긴 썰매를 만들려고 해. 바퀴 대신에 특별한 얼음 블록을 붙여서."

"그걸로 뭘 하는데?"

스펜서가 물었다.

"한여름에 잔디 언덕에서 썰매를 탈 수 있지! 썰매를 사는 사람한테 얼음 블록을 얼릴 수 있는 냉동 용기를 끼워 줄 거야."

라울은 설명하는 데 정신이 팔려서 공을 너무 세게 찼다. 공은 오웬 뒤쪽으로 길을 따라 굴러 내려갔다. 오웬이 공을 주우러 가는 동안 라울에게 전화가 왔다. 내용을 들어 보니 엄마에게서 온 전화 같았다. 라울은 인상을 쓰면서 통화를 하려고 다른 쪽으로 걸어갔다.

"우리는 뭐 할 건지 알아? 학교용 SNS 앱을 만들 거야."

내가 스펜서에게 말했다.

"학교 구역 안에 있으면 자동으로 접속이 돼. 보안은 철저하지. 이상한 어른이나 다른 학교 애들이 들어올 수 없으니까. 사진도 주고받고, 댓글은 긍정적인 내용만 쓸 수 있어."

갑자기 아이디어가 떠올랐다. 머리가 팽팽 돌아가고 있었다.

"게시판도 만들 거야. 누군가가 아이스크림을 먹으러 가거나 공원에 산책 간다고 글을 올리면 원하는 사람은 함께 갈 수 있어."

생각이 술술 떠올랐다.

"다 같이 할 수 있는 게임도 넣을 거야. 아, 각자 아바타도 만들고!"

"너 코딩하는 법 모르잖아. 앱을 어떻게 만들 건데?"

스펜서가 팔짱을 꼈다.

거기까진 아직 생각하지 못했다.

"마일로 오빠 코딩할 수 있어? 도와 달라고 해 볼까?"

스펜서가 코웃음을 쳤다.

"어디 잘 말해 봐."

"가브 삼촌이 놀러 오시면 좋을 텐데. 너무 아쉽다. 삼촌은 분명히 방법을 아실 거야."

내가 말했다.

"너랑 바빅은 무슨 비즈니스 할 거야?"

공을 가지고 돌아온 오웬이 스펜서에게 물었다. 라울도 핸드폰을 주머니에 넣었다.

"알아서 뭐 하게?"

"말해 봐. 앱이구나. 맞지?"

"비밀이야. 확실한 건 차원이 다르다는 거지."

스펜서가 입꼬리를 한쪽만 올리며 씩 웃었다. 내가 잘 아는 웃음이었다.

"기다려 봐. 놀라 자빠질걸. 일 등은 내 거라고!"

"웃기지 마."

나도 웃으며 맞장구쳤다. 최고의 자리를 차지하는 건 바로 내아이디어일 것이다. 잘못될 턱이 없다.

7장

핼리 : 도둑맞은 아이디어

제이가 메시지를 보냈어.

> 코딩할 줄 알아?

> 아니.

> 진짜? 하나도?

나는 홀치기염색한 커다란 베개에 기댄 채, 제이와 문자를 주고받았어. 그러다가 작년에 침실 천장에 붙인 종이 왕나비를 쳐다봤어. 뭐라고 답해야 할지 모르겠더라고. 제이는 계속 메시지를 보냈어. 앱에 뭐가 들어가면 좋을지 브레인스토밍을 했다면서 기다란 메시지를 보냈지. 보내고 또 보냈어. 정말 신났나 봐.

> 내가 보낸 거 읽었니?

> 괜찮은 거 같아?

> 훌륭해.

왜 그렇게 썼는지 모르겠어. 훌륭하다고 생각하지 않는데. 제이는 나한테 묻지도 않고 우리 숙제를 해 버렸어. 톰슨 선생님이 함께 하라고 했는데도.

제이의 메시지에 따르면 중학교에 와서 두렵고 혼란스러운 아이들이 있대. 학교 식당에서 어디에 앉아야 할지 몰라 망설이거나, 주말에 아이스크림 먹으러 가는 친구들 사이에 끼지 못해서 기분이 상한 아이들을 봤다고. 우리 앱에 게시판과 게임을 넣어서 전교생을 참여시키면 함께 다양한 활동을 할 수 있을 거래.

톰슨 선생님이 그랬어. 피칭에서 사람들이 우리 아이디어에 흥미를 느끼게 만들려면 개인적이고 구체적인 이야기를 들려줘야 한다고. 그래야 페인 포인트가 실감 나고 시급한 문제로 느껴진대. '두렵고 혼란스러운 아이들'이라는 게 제이 자신의 이야기인가?

제이가 인기 있는 애들과 어울려 다니는 건 확실하지만 동시에 묘하게 겉돌아 보이기도 해. 사실 잘 모르겠어.

아니면 그게 내 얘기였나? 자라가 이사 간 뒤로 나는 혼자 점심을 먹으면서 책을 읽곤 해. 하지만 새 친구 찾기 앱은 필요 없는걸! 이미 브룩데일 중학교 전교생을 다 살펴봤다고. 자라를 대신할 수 있는 애는 없어. 비슷한 애조차 없어.

게다가 내가 혼자 앉든 말든 제이가 신경 쓸 일이 아니잖아.

> 내가 앞부분, 네가 뒷부분 어때?

내일은 팀 별로 아이디어를 발표하는 날이야. 톰슨 선생님이 들어 보고 좋은 아이디어인지 아니면 새로운 아이디어를 다시 찾아야 할지 알려 준대.

종이 나비를 쳐다봤어. 엄마가 테이프로 붙여 둔 종이 나비들이 열린 창으로 불어오는 산들바람에 날개를 파닥거렸어. 잠이 오지 않을 때면 상상을 해. 나비들이 머나먼 거리를 이동하면서 허리케인이며, 마녀며, 그리스 신들 같은 강력한 존재들과 맞서 싸우는 상상. 그래, 그때 아이디어가 떠올랐어.

앱에 게임을 꼭 넣어야겠어!

응? 무슨 뜻이야?

제이와 이야기를 나누면서 여러 가지를 더 상상해 봤어. 아이디어가 하나하나 쌓여 가면서, 우리 비즈니스는 소셜 미디어 앱에서 보물 찾기 겸 릴레이 경주 게임으로 탈바꿈했어. 학교에 있는 모든 아이가 각자 자기 역할을 해야만 돌아가는 게임이야. 단계별 구성이라든지 생각해야 할 게 아직 많이 남아 있지만, 이거라면 해 보고 싶어. 그런데 제이 할머니가 제이더러 그만 자라고 하셨나 봐. 우리는 아이디어 회의를 멈춰야 했지. 그래도 난 자꾸 웃음이 났어.

이제는 좀 더 '우리' 아이디어 같아졌거든.

다음 날, 제이가 스펜서랑 같이 '비즈니스 교육과 기업가 정신' 수업이 있는 교실로 들어왔어. 제이가 뭐라고 빠르게 말했고, 둘은 이야기에 푹 빠져 있었어. 에리카랑 사마라가 나타나자 스펜서가 재빨리 떨어져서 바빅 옆에 앉았어. 에리카가 뭐라고 하니까 제이가 고개를 끄덕였어. 내 쪽은 한 번도 보지 않았지.

전 세계 사람들이 벌레를 먹는다

어디서	무엇을	아마도 이런 맛?
멕시코	메뚜기 튀김 ('차풀리네스'라고 함)	소금과 식초를 친 감자 칩
오스트레일리아	꿀벌레큰나방 애벌레 바비큐	스크램블드에그
나이지리아	흰개미 튀김	베이컨
아마존 열대 우림	열대 우림 개미를 날것으로	신 레몬 사탕

나는 내 생각 수첩에 적은 목록을 다시 살펴봤어. 제이와 함께 소셜 미디어 게임을 만들기로 한 건 맞지만, 벌레를 포기한 건 아니야.

"좋아요, 여러분!"

톰슨 선생님이 수업을 시작하자 제이가 내 옆자리에 쓱 앉았어.

"한 팀씩 앞에 나와서 비즈니스를 설명하세요. 짧고 이해하기 쉽게 부탁해요. 이건 피칭은 아니에요. 하지만 여러분이 비즈니스에 대해 진지하게 고민했는지 알고 싶네요. 에리카, 릴리, 뭘 준비했는지 알려 주세요."

에리카와 릴리는 아이들이 학교에서 개성을 드러낼 수 있는 파일 꾸미기 키트를 만들 계획이래. 디온과 소피아는 스포츠 유니폼 교환 사이트를 만든대. 사마라와 재즈미나는 채소 브라우니 아이디어를 계속 밀기로 했나 봐. 에이바와 잭은 맞춤형 자전거 헬멧을 디자인하고 싶대.

"우리 아이디어가 훨씬 좋다!"

제이가 나한테 속삭였어.

"맞아."

우리는 비밀을 나눈 사람들처럼 씩 웃었어.

다음은 스펜서와 바빅 차례였어. 스펜서가 느릿느릿 발표를 시작했어.

"자, 어디 그러니까, 음, 한번 상상해 보세요. 여러분이 브룩데일 중학교에 갑니다. 같은 반 아이들은 좀 알지만 다른 아이들은 몰라요. 수줍음이 많은 편이거나 쉽게 긴장하는 사람이라면 거기서 친구를 어떻게 만들죠? 짠! 이제 학교에 오기만 하면 여러분은 새로운, 엄청나게 멋진 전교 소셜 네트워크 게임에 참여하게 됩니다. 먼저 자기만의 멋진 아바타를 만드세요. 그러면 나중에 꼭 필요한 비밀 아이템을 받을 수 있고⋯⋯."

나도 모르게 고개를 돌려 제이를 쳐다봤어. 제이는 입술을 꽉 다물고 있었어. 벌떡 일어나 소리치지 않으려고 안간힘을 쓰듯이. 소리치고 싶은 건 나도 마찬가지였어.

'스펜서와 바빅이 발표하는 건 우리 아이디어예요!'

제이가 우리들이 생각해 낸 게임이랑 규칙을 스펜서에게 이야기한 게 틀림없어. 스펜서가 자기 아이디어를 몇 가지 덧붙였지만 저건 어딜 봐도 우리 아이디어라고! 세상에! 누가 저런 짓을 해? 이건 도둑질이잖아!

팔꿈치로 제이를 쿡 찔렀어. 제이는 얼어붙은 듯 스펜서를 쏘아보기만 했어. 내가 손을 들었어.

"일단 끝까지 들어 보자, 핼리."

톰슨 선생님이 부드럽게 말했어.

스펜서가 진짜 말 하나는 기가 막히게 잘하더라고. 나랑 제이가 발표했다면 절대 저만큼 멋지고 대단하게 들리지 않았을 거야. 뻐딱하게 서 있던 바빅이 다른 발로 짝다리를 짚으면서 사용자 이름에 대해 한마디 덧붙였어. 쟤는 스펜서가 우리 아이디어를 훔쳤다는 건 알고 있나?

"우리 삼촌이 코딩하는 걸 도와주신댔어요. 그러니까 장담합니다. 수준이 다른 멋진 게 나올 거예요."

스펜서가 마무리를 지었어.

톰슨 선생님이 입을 열기도 전에, 에리카와 사마라가 손뼉을 쳤어. 스펜서가 무슨 록스타나 스티브 잡스라도 되는 것처럼 열렬한 박수를 보냈지.

나는 살기를 최대한 담아 스펜서를 노려봤어.

멍하니 있던 제이가 박수 소리에 정신을 차렸어. 그리고 몸을 돌려 에리카와 사마라를 바라봤어. 왜 스펜서한테 아무 말도 안 해? 쟨 사기를 쳤어. 저건 표절이라고!

"핼리, 무슨 할 말 있었니?"

톰슨 선생님이 물었어. 피가 끓어올랐어.

"네, 스펜서가 방금 말한⋯⋯."

제이의 손이 내 손목을 꽉 잡았어. 얼음장처럼 차가운 손가락이 내 살갗을 꾹 눌렀어. 제이가 급히 고개를 저었어.

"어, 음, 저는⋯⋯."

나는 더듬거렸어. 제이는 내가 스펜서가 한 짓을 폭로하지 않기를 바라는 게 분명했어. 대체 왜? 머릿속이 복잡했어.

"어⋯⋯ 아니에요."

제이의 손아귀 힘이 빠졌어. 눈으로는 교실을 훑고 있었어.

"알았다. 그럼 이제⋯⋯."

톰슨 선생님이 우리를 가리켰어.

"핼리, 제이 너희 차례야."

제이는 움직이지 않았어. 나도.

이제 어떡해? 앞에 나가서 똑같은 아이디어를 똑같이 발표해? 그랬다간 대참사가 일어날 거야!

제이 : 안 돼, 제발

스펜서가 어떻게 이럴 수 있지? 왜 이러는 거야? 어째서 나한테?

설명이 필요했다. 장난을 친 건지도 모른다. 하지만 스펜서는 웃고 있지 않았다. 아무도 웃지 않았다.

장난이 아니었다.

나를 뚫어져라 바라보는 핼리의 시선을 느꼈다. 우리에게 다가오는 톰슨 선생님의 묵직한 발소리도 들렸다.

어떡하지? 스펜서가 한 짓을 일러야 하나?

할 수 있었다. 핼리가 내 편을 들어 줄 것이다. 하지만 버그 걸이 하는 말 따위, 아무도 신경 쓸 리 없다. 확실하다. 내가 스펜서와 이야기할 때, 오웬과 라울은 옆에 없었다. 오늘 아침 버스에서 그리고 교실로 들어오면서 내가 스펜서에게 이야기한 것 역시 아무도 듣지 못했다. 아이들은 백이면 백, 내가 아니라 스펜서를 선택할 것이다. 스펜서가 없으면 에리카는 나와 친하게 지내지 않을 것이다. 에리카가 없으면 사마라와 릴리는 나와 함께 점심을 먹지 않을 것이다. 내가 잘나갈 수 있는 이유는 오직 스펜서의 친구이기 때문이다. 언제나 그런 식이었다. 내 존재감은 스펜서 덕분이었다.

스펜서를 배신하면 나는 어떻게 될까?

"무슨 문제 있니?"

톰슨 선생님이 우리 책상을 내려다보았다.

"문제없어요."

핼리가 딱 잘라 말했다. 그리고 나를 쿡 찔러서 나는 비틀비틀 일어나 핼리를 따라 교실 앞으로 나갔다.

어쩌자고 스펜서한테 가서 미주알고주알 떠들었을까? 내 자신에게 그리고 스펜서에게 미칠 듯이 화가 났다. 대체 무슨 권리로 내 아이디어를 가로챈 거지? 나랑 파트너가 되고 싶어 하지도 않았으면서…….

어디론가 사라지고 싶었다. 스펜서를 볼 수가 없었다. 다른 누구도 볼 수가 없었다. 왼쪽 운동화 발끝에 묻은 긴 검은색 얼룩만 바라보았다. 얼룩이 밀려오는 해일처럼 보였다.

어떡하지? 어떻게 하지?

똑같은 아이디어를 떠올렸다고 농담처럼 말할 수도 있다. 하지만 나는 그런 농담을 할 수 있는 재미있는 사람이 아니다. 두 팀 다 SNS 사이트를 만들어도 되려나?

나는 입을 열었지만 아무 소리도 나오지 않았다. 눈앞이 빙빙 돌았다. 배 속이 울렁거렸다.

핼리가 무언가 말하고 있었다. 핼리의 입에서 속사포처럼 쏟아져 나오는 말들이 무슨 뜻인지 따라잡으려고 애썼다. 뭐라고 하는 거지?

내 입에서 작은 신음이 새어 나왔다.

안 돼, 제발, 벌레는 안 돼.

핼리가 벌레 아이디어를 발표하고 있었다.

9장

핼리 : 우리는 파트너

다른 선택지가 없었어.

제이는 마취총에라도 맞은 것처럼 가만히 서 있었어. 그래서 엄마, 아빠가 가르쳐 준 방법을 쓸 수밖에 없었지. 좋은 아이디어는 더 좋은 아이디어로 넘어서라.

벌레 식품이 바로 더 좋은 아이디어였어. 훨씬 더 좋지.

그대로 덜컥 발표를 시작해 버렸어. 메모는 필요 없었어. 먼저 내가 단백질을 충분히 섭취하지 않는다고 엄마가 얼마나 스트레스를 주는지 말했어. 그리고 현장 학습에서 귀뚜라미를 먹었을 때, 깨달음이 번쩍 찾아왔다고 말했지. 또 세계 곳곳에서 사람들이 어떻게 벌레를 먹는지도 설명했어. 식용 벌레는 내가 받는 단백질 스트레스 말고도 훨씬 더 중요한 문제를 해결할 수 있다는 것도 또박또박 말했지. 전 지구인이 당면한 문제를 우리 모두 알고 있으니까!

"벌레는 지구에서 지속 가능성이 가장 높은 단백질 공급원 중 하나예요. 벌레를 먹으면 기후 변화를 일으키는 온실 효과 발생을 줄일 수 있어요. 물도 절약할 수 있고요. 농사를 짓거나 동물을 키우기 어려운 지역에 살아서 굶주리는 사람들에게 벌레를 식량으로 공급할 수도 있어요."

나는 고삐 풀린 말처럼 내가 아는 정보를 신나게 줄줄 읊었어.

"그래서 제이랑 저는 벌레 식품을 파는 비즈니스를 시작하려고 해요. 우리의 식생활에 변화를 불러올 거예요. 벌레 한 마리만큼씩 지구를 구한다!"

숨을 크게 한번 들이쉬었어. 너무 빨리 말하느라 숨 쉬는 걸 잊었거든.

"잘 끝난 것 같아. 그렇지?"

자리로 돌아가면서 속삭였어. '벌레 한 마리만큼씩 지구를 구한다!'가 특히 자랑스러웠어. 즉석에서 만들어 낸 표현이거든.

제이는 여전히 입을 꾹 다문 채 아무 말도 하지 않았어. 얼굴이 무서울 만큼 창백했어. 수업이 끝나는 종이 울렸어. 나는 자리에 앉아 기다렸어. 제이가 이제는 톰슨 선생님에게 사실을 털어놓을 줄 알았지. 어젯밤에 써 둔 메모를 보여 주면 그게 원래 제이 아이디어였다는 걸 증명할 수 있잖아. 아니면 곧바로 스펜서한테 따져도 되고. 걘 당해도 싸.

하지만 제이는 바람 빠진 풍선처럼 의자에 축 늘어져 있었어.

"2층 화장실로 가자. 당장."

제이를 끌고 붐비는 복도를 지나 2층 여자 화장실로 갔어. 그 화장실은 썩은 달걀 냄새가 나서 웬만하면 아무도 오지 않거든. 칸마다 문 아래쪽을 살펴보고 안에 아무도 없는지 확인했어.

"걔 뭐야? 가만히 있으면 안······."

내가 먼저 따져 묻자 제이도 입을 열었어.

"나도 모르겠어. 아마 일부러 그런 건 아······."

"당연히 일부러 그런 거지. 스펜서는!"

"넌 몰라. 걔가······."

"넌 알아?"

둘이 동시에 말하는 바람에 말소리가 서로 뒤엉켰어. 나는 심호흡을 하고 다시 말했어.

"벌레 이야기를 발표해 버린 건 미안해. 하지만 다른 생각이······."

"네 덕분에 살았어."

"응?"

"응."

"이제 벌레 좋아?"

나는 그만 호들갑스럽게 물었어.

"그렇다곤 안 했어."

제이의 목소리가 가라앉았어.

"모르겠어…… 그러니까…….'

제이가 얼굴을 손에 묻었어.

"대체 나한테 왜 그랬을까?"

제이가 느끼는 아픔이 너무나 생생해서 나도 움찔했어.

"자기 머리로는 좋은 아이디어를 절대 못 내는 지질한 놈이라 그랬겠지. 그리고 너한테만 그런 거 아니야. 나한테도 그랬어. 우린 파트너잖아."

내가 고쳐 말했어. 제이가 고개를 들었어. 제이의 마음이 아주 살짝 움직인 것 같았어.

"네 말이 맞아."

"벌레 식품은 좋은 아이디어야, 제이. 날 믿어."

내가 말했어.

"난 이기고 싶어. 스펜서와 바빅을 박살 내고 싶어. 가루로 만들어 버릴 거야."

제이가 굳은 목소리로 딱 잘라 말했어.

동기가 불순하긴 하지만 뭐 어때? 제이가 드디어 벌레 비즈니스에 뛰어들었어! 나는 제이를 꼭 껴안았어. 나는 잘 껴안아. 신이 났을 땐 특히 더 그러지.

"이번 주말에 우리 집에 와. 같이 벌레 잡자. 우선 벌레를 찾아야 해. 그러고 나서 먹어 보자."

제이의 얼굴이 다시 무섭도록 창백해졌어.

제이 : **숨기기 기술**

스펜서를 피해 다녔다. 어려운 일은 아니었다. 스펜서도 나를 피했기 때문이다. 다행히 스펜서는 집에 가는 버스도 타지 않았다.

스펜서가 완전히 새롭게 보였다. 새로운 스펜서의 모습에 진심으로 화가 나고 속상했다.

내 기억 속에 있는 과거의 스펜서도 늘 자기중심적이긴 하다. 그럼에도 사랑스러운 구석이 있었다. 나는 스펜서에 대해 다른 아이들은 모르는 면을 알고 있었다. 키우던 개 슬러피가 죽었을 때 스펜서가 너무 심하게 울다가 토했던 일이나, 내가 독감에 걸렸을 때 스펜서가 매일 우리 집 현관 앞에 라즈베리 막대 사탕을 두고 갔던 일 같은 것 말이다. 내가 파란색 라즈베리 막대 사탕을 무척 좋아하는 걸 알고 있었기 때문에 스펜서는 내가 다나을 때까지 사탕을 두고 갔다. 그런데 어떻게 이럴 수가 있을까! 스펜서가 나를 속상하게 한 적은 있지만, 나에게 잔인하게 군 적은 한 번도 없었다. 새 스펜서가 도무지 마음에 들지 않는다. 털끝만큼도.

머리칼을 손가락으로 칭칭 감았다. 손가락 끝에서 맥박이 느껴졌다. 식탁 건너편에 있던 할머니가 다가와서 내 손을 살짝 때렸다. 할머니는 내가 머리카락을 가지고 노는 걸 싫어한다.

'핼리였다면 성큼성큼 길을 건너가서 스펜서에게 이유를 설명하라고 요구하겠지.'

나도 모르게 이런 생각이 들었다. 하지만 스펜서는 요리조리 빠져나가기 선수다. 화려한 말재주로 적당히 이야기를 지어내서 나를 설득하고, 내 입에서 우리 아이디어를 써도 괜찮다는 허락을 끌어낼 것이다. 아니, 어쩌면 이젠 네가 싫으니까 절교하자고 할지도 모른다. 그건 정말 최악이다.

이런 일을 당하고서도 스펜서에게 절교하자는 말을 듣기는 싫다니!

핼리가 다시 떠올랐다. 자기주장을 납득시키려고 할 때, 핼리는 눈을 정말 크게 뜬다. 나는 고개를 저었다.

'핼리가 어떻게 하든 나와는 상관없어.'

스펜서와 에리카는 완전히 다른 그룹이다. 나와 그 아이들 사이의 우정은 핼리가 상상하기 어려울 만큼 복잡하고 독특하다. 중심 그룹과 동떨어져 지내는 핼리는 이해할 엄두도 내지 못할 것이다.

"걱정이 머리에 둥지를 틀었구나."

할머니가 검은 테 안경 너머로 나를 걱정스럽게 바라보고 있었다.

"무슨 일이니? 할미에게 조용히 말해 봐."

에디는 거실에서 내림 나 음계를 연주하고, 첸 선생님은 메트로놈 소리에 맞춰 박자를 치고 있었다. 내 첼로 레슨이 먼저 끝난 참이었다. 첸 선생님은 우리가 다음 레슨까지 일주일 동안 복습을 할 수 있도록 레슨 내용을 녹음해 준다. 너무 크게 말하면 말소리까지 녹음된다. 전에도 그런 적이 있다.

"학교에 어떤 여자애가 있는데 제가 벌레를 먹으면 좋겠대요. 아니, 온 세상 사람이 벌레를 먹으면 좋겠대요."

내가 중국어로 속삭였다.

"그래? 더 들려주렴."

할머니는 과자를 나누던 손을 멈추고 내 이야기에 귀 기울였다. 할머니는 가끔 크래커를 큰 박스로 산 다음 정확히 열두 개씩 작은 봉지에 담아서 나와 에디의 점심 도시락에 넣어 준다.

나는 피칭 대회를 설명했다. 스펜서 이야기는 일절 하지 않았다.

"잘될 리가 없어요. 누가 소름 끼치게 꿈틀거리는 애벌레를 먹고 싶어 하겠어요."

"나는 먹었는데!"

"네? 할머니가요?"

할머니가? 쇼핑몰 푸드 코트에서 파는 타코나 파니니도 맛없다며 안 먹는 우리 할머니가 벌레를 먹었다고? 나는 할머니를 의심스럽게 쳐다보았다.

"내가 어렸을 적에 살던 곳은 땅이 척박해서 농사짓기가 어려웠지. 한 몇 년 동안은 먹을 게 거의 없었어. 언니랑 오빠, 동생들하고 밤새 고픈 배를 쥐고 울곤 했지. 하지만 굶어 죽진 않았어. 우리 어머니는 벌레도 영양가가 있다는 걸 아셨거든. 어머니가 메뚜기를 튀겨 주셨어. 김이 나는 불개미 국을 마시면 배 속이 뜨끈해졌단다."

할머니가 옛 생각에 미소를 지었다.

"어머니는 정말 현명하셨지."

나는 슬퍼서 한숨이 나왔다. 할머니도 나처럼 중국식 달걀 푸딩을 좋아하고 잘 드신다. 그런 할머니가 굶주린 소녀였다고 상상하자 마음이 아팠다. 갑자기 세상에 배고픈 아이들이 얼마나 많이 있는 걸까 궁금해졌다.

"어쩔 수 없는 일이었네요. 그래야 살 수 있었으니까요."

나는 할머니의 손등을 어루만졌다.

"아니야, 아가. 그런 게 아니란다."

할머니가 내 얼굴을 들어 올려 눈을 마주 보았다.

"나는 벌레를 좋아했어. 우리 다 좋아했단다. 중국에서 벌레는 아주 부유한 사람들만 즐기는 진미이기도 하거든. 사람들은 비싼 돈을 내고서 식초에 절인 물방개나 벌 애벌레 구이를 먹는단다."

"말도 안 돼요! 그럴 리가! 아니, 대체 왜요? 저한테 돈이 산더미처럼 많다면 큰 피자를 시킬래요."

나는 눈을 휘둥그렇게 떴다.

다른 방에서 들리던 에디의 첼로 소리가 멈췄다.

"피자에 개미나 전갈을 좀 올리려무나. 그걸로 사업을 하면 되겠네. 벌레 피자 말이다!"

할머니는 키득키득 웃으며 일어나더니 첸 선생님과 이야기를 하러 갔다.

"제 피자 망치지 마세요!"

나는 할머니 뒤에 대고 외쳤다.

"치즈랑 토마토소스면 돼요. 전 벌레 안 먹어요. 정말이에요."

이틀 뒤인 토요일 오후에 나는 핼리네 집 앞 차고 진입로로 끝에 서 있었다. 할머니와 에디도 함께 있었다. 할머니가 차로 거기까지 데려다주었다. 핼리는 시내 북쪽 오래된 동네에 살았다. 웃자란 나무들이 드리운 그림자 아래, 좁은 골목이 미로처럼 구불구불 얽혀 있는 동네였다. 우리 셋은 핼리네 집 우편함을 보고 경악했다. 우편함에는 우표가 다닥다닥 붙어 있었다. 외국 우표인 것 같았다. 우편함을 장식하다니, 누가 상상할 수 있었을까? 우리 동네 우편함은 모두 그냥 검은색 아니면 은색이었다.

"저기 이상한 게 또 있어."

일곱 살 에디가 뒷좌석에서 무릎을 꿇고 일어서서는 차창에 얼굴을 바싹 가져다 댔다.

긴 진입로를 따라 조각품들이 늘어서 있었다. 밝은색 스프레이로 칠을 한, 크고 구불구불한 금속 조각품들이었다.

"네 친구는 어떤 애니?"

할머니가 의심스럽다는 듯 물었다.

"핼리 엄마가 예술가래요."

잔디 마당에 조각품을 늘어놓은 집은 한 번도 보지 못했다. 자갈이 깔린 진입로 끝에는 빛바랜 작은 회색 집이 서 있었다.

"여기서 내릴게요."

할머니와 에디를 핼리에게 소개해야 하는 상황은 피하고 싶었다.

거대한 조각품들을 올려다보며 진입로를 따라 서둘러 달려갔다. 어떤 조각품에는 작은 종이 여러 개 달려 있었다. 녹슨 못이 겹겹이 박힌 조각품도 있었다. 어떤 것은 옷을 벗은 여자처럼 보였는데 플라스틱 부리와 철망 날개를 달고 있었다. 그게 무슨 의미인지는 알 수 없었다.

핼리는 무릎에 격자무늬 천을 덧댄 올리브색 바지를 입고, 허리에는 천으로 만든 갈색 공구 벨트를 매고 있었다. 가짜 다이아몬드 장식이 번쩍번쩍 빛나는 벨트는 온갖 희한한 물건으로 가득 차 있었다. 확대경, 뚜껑이 씌워진 작은 플라스틱 컵들, 비눗방울 용액 한 병, 땅콩버터 한 병, 조그만 뜰채 두 개, 검은색 공책, 보라색 펜 같은 것이었다.

"벌레 사냥에 쓸 도구들이야."

내 시선을 눈치챈 핼리가 말했다.

"그, 그래."

핼리를 따라 집 옆으로 돌아가자, 잎이 큰 식물들과 작은 금속 조각상으로 가득한 경이로운 정원이 나타났다.

"이 작품들은 다 너희 엄마가 만드신 거야?"

"응. 엄마는 예전에 폐품을 재활용한 작품들을 만들었어. 그 다음엔 도자기로 넘어갔지. 엄마는 다차원으로 표현하는 예술가야."

"멋지다."

이런 예술 작품을 만드는 사람이 부모님인 애는 처음 보았다.

핼리가 작은 플라스틱 컵을 하나 건넸다.

"벌레를 잡으면 여기에 넣어."

나는 병 옆에 붙어 있는 스티커를 가리키며 물었다.

"이거…… 스토더드 박사님 병원에 있는 거 아니야?"

스토더드 박사님은 내가 다니는 소아 청소년과 병원의 의사 선생님이다. 그 병원에는 소변 검사를 할 때 소변을 받는 작은 플라스틱 컵이 있었다. 내가 들고 있는 게 바로 그 컵이었다.

"너도 그 병원 다니는구나."

핼리가 정원 안으로 들어가기 시작했고, 나도 서둘러 뒤를 따랐다.

"선생님한테 달라고 했어. 고무장갑이랑 긴 면봉도. 미술 작품을 만들거나 과학 실험을 할 때 정말 좋아. 그렇게 기겁하지 마. 새것이야. 아주 깨끗하다고. 여기에 벌레를 담아서 맛을 볼 거야."

"맛을 본다고? 하지만 살아 있잖아. 요리를 해야 해. 예를 들면 수프에 넣는다든가."

나는 할머니가 들려준 이야기를 떠올리며 말했다.

"벌레 수프라니! 너 진짜 똑똑하다! 그러면 되겠네!"

핼리가 작은 뜰채를 꺼냈다. 그리고 한 번 휙 흔들어서, 덩굴 위로 기어가던 까만 딱정벌레를 잡았다.

"좀 도와줄래?"

내가 컵 뚜껑을 열자, 핼리가 벌레를 컵 안에 떨어뜨렸다.

"수프를 끓이려면 한참 더 잡아야 해."

핼리가 뜰채를 건네며 말했다. 그리고 다른 컵을 잡으며 말을 이었다.

"우리 게임하자. 내가 뭐든지 게임으로 만드는 거 너도 아마 알 거야. 그게 내 전문이거든. 자, 오 분 동안 벌레를 스무 마리 잡는 게임을 하자. 내가 시계로 타이머를 맞출게. 아, 그리고 벌레를 한 마리 잡을 때마다 가능한 한 큰 소리로 '잡았다!'라고 외쳐야 해."

핼리가 잎사귀 위에 앉아 있던 메뚜기를 잡았다.

"잡았다!"

핼리는 소리를 지르면서, 벌집 속 벌처럼 씰룩씰룩 춤을 추었다.

핼리는 재미있는 애였다.

"움직여, 제이. 시간이 계속 간다!"

핼리가 외쳤다.

나는 무릎을 꿇고 앉아 바닥에 깔린 돌 틈을 기어가는 개미 세 마리를 조심스레 잡아 올렸다.

"잡았다. 잡았다. 잡았다."

"더 크게!"

핼리가 물이 뿜어져 나오는 돌 분수에서 물방개를 건져 올렸다.

"잡았다!"

"잡았다! 잡았다!"

나도 소리 질렀다. 깨진 천사 조각상을 기어 올라가는 개미를 두 마리 더 잡았다. 크게 소리치니 기분이 좋았다. 잠시 후 우리 둘은 소리를 지르고, 춤추고, 배가 아플 지경으로 웃고 있었다.

"일 분 남았어! 끝까지 힘내자!"

핼리가 외쳤다.

내가 거미줄에 걸려 있는 거미 쪽으로 손을 뻗자 핼리가 말렸다. 거미는 사실 곤충이 아니기 때문에 우리의 목표물이 아니라고 설명했다. 타이머가 울렸을 때, 우리는 벌레 열여덟 마리를 잡았고 그 정도면 처음치고 제법 훌륭하다는 결론을 내렸다.

"부엌에 가서 벌레 수프를 만들자!"

핼리가 뒷문을 열고 들어갔다.

페인트 붓, 무지갯빛 구슬이 들어 있는 통, 오래된 잡지, 온갖 스프링, 철사 같은 것들이 부엌 조리대 위에 널려 있었다. 시집들과 남북 전쟁에 대한 책들이 책갈피가 끼워진 채 또는 그냥 펼쳐진 채 바닥에 흩어져 있었다. 의자에는 어이없을 만큼 기다란 연보라색 모헤어 목도리가 걸려 있었는데, 아직 뜨개질바늘이 끼워진 채였다. 의자는 전부 다르게 생겼다. 담쟁이덩굴 왕

관을 쓴 누더기 같은 곰 인형이 나무 테이블 한복판에 주걱을 들고 앉아 있었다. 테이블에는 살아 있는 나무에 새긴 것처럼 머리글자와 하트가 새겨져 있었다.

이 모든 것이 한눈에 들어오자 어질어질했다. 이 집에서는 무엇이든 가능했다!

핼리가 아주 커다란 냄비에 물을 부었다. 그런 다음 창틀에 놓인 바질 화분에서 잎을 세 장 따서 냄비에 넣었다. 나는 벌레를 냄비에 부었다. 우리는 벌레들이 헤엄치는 모습을 함께 지켜보며 각자 좋아하는 벌레를 가리켰다. 몇 마리가 구명 뗏목을 타듯 바질 잎에 올라탔다.

핼리가 후추를 뿌렸다. 나는 소금을 더했다.

"아빠, 좀 와 보세요!"

핼리가 소리 높여 불렀다.

그러자 어디선가 핼리네 아빠가 번개처럼 나타났다. 핼리네 아빠는 수염만 빼면 핼리와 판박이였다. 빨간색 체크 셔츠 주머니 밖으로 노란색 형광펜 세 자루와 금속 빨대가 삐죽 튀어나와 있었다.

"아, 핼리의 공범 맞지? 만나서 반갑다."

핼리가 지난번에 그랬던 것처럼, 핼리 아빠가 손을 내밀었다. 이번에는 나도 손을 잡고 흔들었다.

"주방이 벌집을 쑤셔 놓은 것 같구나. 너희는 꿀벌처럼 바빠

제이

보이는벌."

햴리가 아빠의 말장난에 앓는 소리를 냈다.

"우리 가스 불 써야 해요."

"여왕벌이 말씀하셨도다."

햴리 아빠가 손잡이를 돌리자 냄비 밑에서 푸른 불꽃이 솟아 났다. 햴리가 커다란 나무 숟갈로 냄비 안을 휘젓는 동안 물이 끓어오르기 시작했다.

나는 둥둥 떠다니는 딱정벌레와 개미를 지켜보았다.

"좀 역겨워 보인다. 음식처럼 만들려면 국수든 뭐든 넣어야겠 어. 이대로는 그냥 벌레 빠진 짭짤한 물일 뿐이야. 이런 걸 누가 사 먹개미?"

"제이가 말장난했다! 우리 집에 잘 적응하고 있구나."

햴리 아빠가 나에게 엄지손가락을 들어 보였다. 나는 내 말장 난에 흐뭇해하며 씩 웃었다.

"여기 국수를 넣으면 너 먹을 거야?"

햴리가 물었다.

"먹을 거냐고? 아니, 절대."

나는 얼굴을 찌푸렸다.

"제이 말이 맞다."

햴리 아빠가 가스레인지를 껐다.

"밖에서 잡은 아무 벌레나 먹을 수는 없어. 이건 위험한 수프가 될 거야."

"거봐, 핼리. 이건 안 된다고 했잖아."

"될 거야!"

핼리가 허리춤에 손을 올렸다.

"좋아, 수프는 포기. 다른 걸 만들어 보자."

그러면서 핼리는 나를 수상한 눈길로 쳐다보았다. 마치 내가 이를 닦았는데도 안 닦았다고 의심할 때의 할머니 눈빛 같았다.

"내 생각에 무언가를 파는 사람은 자기가 파는 것에 믿음이 있어야 해. 그리고 우린 벌레를 팔 거야."

핼리가 잘라 말했다.

"톰슨 선생님이 피칭이 끝나면 심사 위원들이 우리에게 질문을 할 거랬어. 우리 상품을 먹어 보지도 않고 어떻게 대답을 하겠니?"

"네가 대답하면 되지. 나는 옆에서 좀 보충할게."

내가 어깨를 으쓱했다.

"그건 거짓말하는 거잖아."

핼리가 찬장을 열더니 '귀뚜라미'라고 적혀 있는 작은 상자를 꺼냈다. 동물원 견학 때 봤던 바로 그 상자였다.

"이거 맛있어. 하나만 먹어 봐. 딱 하나만."

"어…… 맛없을 것 같은데."

나는 뒷걸음질 쳤다.

"우리가 이기려면 이 방법뿐이야. 스펜서한테 한 방 먹이고 싶은 거 아니었어?"

핼리는 무슨 말이 먹힐지 정확히 알고 있었다.

벌레를 먹고 싶으냐고? 아니, 절대로.

우승해서 스펜서한테 한 방 먹이고 싶으냐고? 물론이지. 당연한 말씀.

피칭에서 지면 스펜서도 다른 사람 아이디어를 훔쳐서는 안 된다는 가르침을 얻을 것이다. 그러면 예전의 스펜서로 돌아갈 지도 모른다. 우리는 다시 친구가 될 수도 있다. 내가 우승하면 모든 문제가 해결될 것이다.

나는 상자를 열고 집게손가락과 엄지손가락으로 귀뚜라미를 한 마리 조심스럽게 집어 올렸다. 아침마다 먹는 비타민 젤리보다 작았다. 하지만 가늘고 긴 다리에서는 눈을 뗄 수가 없었다.

"어, 음. 역시 그만두는 게 좋겠어."

"자, 봐."

핼리가 한 마리 먹었다.

"자, 어서. 닭고기는 먹지? 똑같은 단백질이야."

"같은 단백질이라면 닭고기를 먹을래."

내가 인상을 썼다.

"이 귀뚜라미, 튀긴 뒤에 프라이드치킨 맛 양념을 한 거란다."

핼리 아빠가 나를 도와주려는 듯 끼어들었다.

"알려 주셔서 고맙습니다."

하지만 나는 핼리 아빠를 원망스러운 눈으로 볼 수밖에 없었다. 그래도 해야 했다.

"알았어, 이제……."

귀뚜라미를 입술로 가져갔다. 이는 꽉 다물린 채였다. 도무지 입이 벌어지지 않았다.

"자…… 좋아…… 진짜 간다."

나는 입을 벌리려고 안간힘을 썼지만 입은 꿈쩍도 하지 않았다.

"좋은 생각이 있어."

핼리가 노란색 행주를 접어서 안대처럼 내 눈에 대고 머리 뒤로 묶었다.

"보이지 않으면 좀 나을 거야. 자, 입을 벌려 봐."

나는 입을 벌리고 귀뚜라미를 혀 위로 톡 던졌다. 그리고 채 맛을 느끼기도 전에 삼켜 버렸다.

"내가, 벌레를, 먹었어!"

"어때?"

핼리가 물었다. 내가 안대를 밀어 올리며 대답했다.

"나쁘지 않았어. 너무 짜긴 한데, 그건 우리가 조절하면 되지."

"하면 되지! 우후!"

핼리가 승리를 선언하듯 내 팔을 들어 올렸다.

"하나 더 먹을래?"

나는 웃었다.

"이제 그만. 벌레 한 마리마다 안대를 하나씩 끼워 팔아야겠어. 성공할 방법은 그것뿐이야."

"다른 방법이 있을 거야."

핼리가 갑자기 진지한 얼굴로 말을 이었다.

"벌레를 숨기면 되잖아!"

핼리가 수첩을 펼쳤다. 우리는 함께 목록을 만들었다.

곤충을 숨겨서 먹는 방법

* 곤충 쿠키
* 초콜릿 씌운 곤충
* 곤충 스무디
* 곤충 타코
* 곤충 초밥
* 단호박벌 수프

11장

핼리 : 우리들의 비밀 병기

"여러분의 다음 과제는 시제품을 만드는 겁니다."

월요일에 톰슨 선생님이 말했어.

"시제품이 뭐예요?"

반 아이들 모두가 거의 동시에 외쳤어.

"시제품을 만든다는 건 여러분의 상품을 아주 단순하게 제작해 보는 일입니다. 예를 들어 잭과 에이바라면 여러 가지 소재로 자전거 헬멧을 만들어 보는 거죠. 어떤 재료로 만든 헬멧이 성능이 좋고 보기도 좋은지 시험해 보는 거예요. 지금 단계에서는 세세한 부분이나 특징은 생략해도 괜찮아요."

제이와 나는 서로 바짝 다가앉았어. 우리는 다른 많은 팀과 다르게 주방에 가야 시제품을 만들 수 있지.

"오늘 오후에 우리 집에 와. 같이 요리해 보자."

내가 말했어.

"못 가. 학교 끝나고 첼로 연습해야 하거든."

제이는 화요일에도 오지 못했고 수요일에도 오지 못했어. 맨
날 첼로를 연습하거나 테니스 교실에 가거나 축구를 해야 한대.
다른 팀들은 목요일 수업 시간에 시제품을 발표했어.

우리도 했느냐고? 아니, 할 게 없어서 못 했지!

창업 경진 대회의 내막(일급비밀)

피칭 파트너	상품/서비스	시제품
나와 제이	끝내주는 벌레 식품	기대하시라! 곧 공개!
스펜서와 바빅	소셜 미디어 앱 게임 (훔쳤다고 해야겠지?)	홈페이지 그림 (아주 못 봐 줄 건 아니었음)
에리카와 릴리	파일 꾸미기 키트	파일/스티커 세트 샘플 (문지르면 향기가 나는 환상적인 스티커!)
사마라와 재즈미나	채소 브라우니	당근케이크 맛. 그 맛을 노렸다면 상관없지만 그런 거라면 그냥 당근케이크를 살 듯?

오웬과 비비	온라인 숙제 검사	자기들이 지리를 가르치는 모습을 촬영한 동영상 (중얼대서 소리가 안 들림! 그래픽은 훌륭!)
소피아와 디온	스포츠 유니폼 교환 사이트	교환 가능한 유니폼 목록 (뭔지 잘 모르겠지만 어차피 난 유니폼 안 입으니까)
에이바와 잭	맞춤형 자전거 헬멧	디자인 스케치 (아주 귀여움. 특히 그래피티 같은 그림이 있는 것)
헌터와 루이스	학교로 점심 배달 서비스	샘플 메뉴 (레스토랑에서 저걸 배달해 줄 리가 없잖아?)
매디와 노아	특이한 반려동물용 목줄 (예를 들면 다람쥐!)	꼬아 만든 목줄, 구슬 목줄, 매듭 공예 목줄 (아이디어는 형편없지만 목줄은 굉장히 예쁨)

제이는 계속 너무 바쁘다고만 했어. 주말까지 기다려야 한대.
아휴, 뉴스 속보입니다! 저는 기다리기를 정말 못 한다는 소식
입니다. 기다리는 건 정말 정말 끔찍해! 오죽하면 자라는 늘 내
생일 일주일 전에 생일 선물을 줬다고. 내가 기다리다가 폭발할
까 봐.

나는 배낭에 달랑거리는 구슬 달린 술을 만지작거렸어. 자라
가 작년 내 생일에 만들어 준 거야. 나는 침을 꿀꺽 삼키면서 밀

려오는 외로움을 내리눌렀어. 자라가 여기 있으면 얼마나 좋을까!

자라가 예전처럼 내 메시지에 바로 답장을 보내지 않은 지 일주일이나 됐어. 새 학교에 적응하느라 무지 바쁘대. 새 친구를 사귀어서 바쁜 거겠지.

제이도 바쁘고 이젠 자라도 바쁘고. 흠, 어쩔 수 없지.

학교 마치고 나 혼자 재료를 사러 갔어.

자전거를 타고 반려동물용품점으로 갔지. 헨리 오빠가 랜들에게 먹일 벌레를 사는 곳이야. 벌레 사냥을 또 할 시간은 없거든. 게다가 뒤뜰에 사는 벌레를 먹는 건 위험하다고 아빠가 일러 줬고. 비료랑 살충제 때문이라는 이야기를 읽은 적이 있는데 그럴 수도 있겠어.

카운터에 있는 점원에게 내가 살 목록을 건넸어.

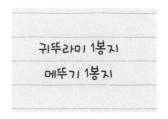

카운터 점원은 '두 번째 지구는 없다'라고 적힌 주황색 티셔츠를 입고 있었어. 마치 제이와 나의 비즈니스 이야기를 들어 줄 완벽한 상대 같았지. 나는 자연스럽게 말을 걸었고 그 사람

은 예상대로 내 이야기에 푹 빠져들었어. 어쩌다 보니 좀 과하게 빠져들었지. 기후 변화가 어떻다는 둥, 어른들이 만든 난장판을 바로잡는 일은 나 같은 아이들에게 달려 있다는 둥, 이야기가 끝이 없었어. 마침내 나는 뚜껑에 작은 구멍이 여러 개 뚫려 있는 작은 플라스틱 통 두 개를 건네받았어. 자전거에 달린 고리버들 바구니에 그것을 넣고, 집으로 향하는 언덕을 오르기 시작했지.

그때 마음이 바뀌었어. 좋은 생각이 난 거야.

카운터 점원 말처럼 우리 지구는 위험에 처해 있어. 난 그게 두려워. 그리고 화가 치밀어. 왜 아이들이 이 난장판을 물려받아야 하지? 하지만 제이와 나는 해결할 방법을 알아. 벌레를 먹으면 기후 변화를 늦추는 데 도움이 될 거야. 확실해! 피칭 대회가 그 첫걸음이라고. 우리가 우승하면 그 돈으로 진짜 회사를 세워서 진짜 변화를 만들 수 있어. 모든 사람의 식탁에 벌레를 올리는 게 내 임무야. 첼로 연습? 알 게 뭐야. 지구를 구할 시간은 바로 지금이라고!

아까도 말했지? 내가 무언가에 빠지면, 푹 빠져. 완전히 푹 말이야.

그래서 나는 집에 가는 대신 시내 동쪽으로 가는 길을 따라 페달을 밟았어. 제이가 오지 못하면 내가 가면 되지. 그런 게 파트너잖아.

"너 여기서 뭐 해?"

내가 제이네 집 현관문을 열자, 제이가 황당하다는 얼굴로 쳐다봤어.

뒤에서 첼로 선율이 들려왔어.

"이거 첼로 소리야?"

안을 빼꼼 들여다봤어.

"어떻게 하는 거야? 첼로가 자동으로 연주해? 너는 여기 있잖아."

"그럴 리 없잖아. 내 동생이 연습하는 거야. 번갈아 가면서 하거든."

제이가 눈썹을 찌푸리며 대답했어.

제이 뒤로 어떤 할머니가 다가왔어. 할머니가 뭐라고 물었는데 중국어인 것 같았어. 제이도 중국어로 대답했지. 두 사람은 잠시 중국어로 이야기를 나눴어. 정말 인상적이었어. 다른 나라 말을 할 수 있다니 제이는 진짜 멋지던걸.

"할머니께 뭐라고 한 거야?"

분명히 내 이름이 나온 걸 들었어.

"네가 학교 과제를 하러 왔다고 할머니한테 말했어. 그래서 온 거잖아. 맞지?"

그러더니 제이가 절레절레 고개를 저었어.

"할머니가 들어오래. 웬일이람. 보통 때는 아무나 못 부르게 하는데."

"스펜서도? 아니, 에리카는?"

"아, 응, 스펜서는 가끔 오지. 주로 내가 걔네 집에 가. 에리카 는…… 음, 그건 좀……."

제이는 적당한 말을 못 찾았는지 말끝을 흐렸어.

나는 어깨를 으쓱하며 제이 주변을 서성댔어. 내가 에리카를 포기한 건 5학년 때야. 그해에 에리카는 나한테 특히 더 못되게 굴었지. 그때 엄마는 나에게 이렇게 말했어.

"핼리, 그 애가 사는 납작한 세계에서 나오렴. 너는 훨씬 더 활기차고 창의적이야."

제이도 사실은 납작한 세계에 있는 걸까? 제발 아니었으면 좋겠다.

"안녕하세요."

나는 제이 할머니에게 손을 내밀었어.

할머니가 나를 위아래로 훑어보더니 내 손을 잡고 흔들었어. 그리고 내가 들고 있던 플라스틱 통 두 개를 가리켰어.

"거긴 뭐가 들었니?"

할머니는 이제 영어로 말했어.

"핼리, 설마! 그거 벌레야?"

제이가 소리쳤어.

"내가 잔뜩 가져왔으니까 실험할 수 있어."

제이네 할머니를 보며 말을 이었어.

"여기서 요리를 좀 해도 될까요? 숙제 때문에요. 절대 어지르지 않을게요. 정말요."

"핼리, 우리 집은 너희 집이랑 달라."

제이가 이를 앙다물고 말했어.

"할머니, 죄송해……."

"괜찮아, 괜찮아."

할머니는 제이 너머에 있는 나를 조심스레 붙잡았어.

"재미있는 친구구나. 폭죽처럼 팡팡 터지는 아이야."

할머니를 가까이서 보니 빙그레 웃음이 났어.

"가슴에 손을 얹고 말씀드릴게요. 저는 스크램블드에그를 만들 수 있고, 통조림 수프를 데울 수 있어요. 하지만 그것 말고 다른 요리는 할 줄 몰라요."

나는 운동화를 부엌문 옆에 늘어선 신발들 옆에 벗어 두고, 밝은 초록색 양말에 난 구멍을 감추려고 발가락을 오므렸어. 제이가 우리를 따라 부엌으로 들어왔지.

'티끌 한 점 없다'는 말은 '제이네 집 부엌'을 두고 하는 말일 거야. 눈으로 보면서도 도무지 믿을 수 없었어. 티끌 한 점이 없더라고. 먹다 놔둔 머핀도, 주스를 엎질러서 생긴 끈적끈적한 얼룩도 없었어. 아니, 사람이 뭘 했다는 흔적 자체가 없었어. 내가 있어선 안 될 곳 같았어.

삐죽삐죽한 검은 머리 꼬마 남자애가 부엌으로 들어왔어.

"누나 첼로 연습 아직 안 했어. 근데 이 누나는 누구야?"

"저리 좀 갈래? 진드기처럼 진득거리지 말고."

제이가 말했어.

"와, 또 벌레 말장난이다! 제이 1점 추가!"

내가 신나서 소리쳤어.

"뭐? 아, 일부러 그런 거 아니거든."

"안녕, 꼬마야. 난 핼리야."

무릎을 구부려서 에디와 눈높이를 맞췄어. 마음속을 꿰뚫어 보는 것 같은 눈길이 제이랑 똑같더라고.

"너희 누나 비즈니스 파트너야. 우린 프로란다."

"프로가 뭔데?"

에디가 물었어.

"벌레를 요리하는 셰프."

플라스틱 통 뚜껑을 하나 열었어. 연초록 메뚜기 무더기가 꿈틀댔어.

"굉장하다!"

에디가 감탄했어.

"닫아! 튀어나오잖아! 이걸 여기 가져오다니 믿을 수가 없다!"

"믿어."

나는 뚜껑을 닫으며 덧붙였어.

"곤충 요리법을 조사해 봤어. 일단 얼려야 해. 곤충은 변온 동물이라서 냉동하면 잠이 들고 자다가 죽거든. 가장 착하게 벌레를 죽이는 법이지."

"알려 줘서 고맙다."

제이가 내 눈을 피하며 말했어.

"여기 넣어도 되나요?"

내가 냉동실을 가리키며 물었어.

"그럼 그럼."

할머니가 냉동실 문을 열고 자리를 만들어 줬어. 나는 할머니를 꼭 껴안았어. 할머니는 놀란 것 같았지만 날 받아 주셨어.

"너도 스타인 선생님 수업 듣지?"

제이에게 물었어. 같은 시간에 과학 수업을 듣는 건 아니지만, 현장 학습 갔을 때 제이가 우리 그룹이었던 건 기억하고 있거든. 나는 배낭에서 연구 보고서를 꺼냈어.

"벌레가 얼 때까지 같이 이거나 끝내지 않을래?"

"얼 때까지 기다린다고?"

제이의 눈빛이 흔들렸어. 정말이냐고 묻는 것 같았지. 할머니가 테이블을 가리켰어.

"그래, 그래. 숙제들 하렴."

제이는 한숨을 쉬더니 자기 연구 보고서를 찾아왔어. 우리는 나란히 앉아 보고서를 채워 나갔어. 제이가 어찌나 빨리 문제에 답을 쓰던지, 헛것을 본 줄 알았어. 자라랑 숙제를 할 때는 백 년쯤 걸렸는데. 쉬기도 자주 쉬었고. 제이랑 나는 수학 문제까지 다 풀었어. 에디는 내 다른 쪽 곁에 앉아서 긴 속눈썹 아래로 나를 훔쳐봤어.

"얘들아, 메뚜기 몇 마리만 가져다주겠니? 나머지는 냉동실에 두고."

숙제를 다 마쳤을 때 할머니가 가스레인지 앞에서 우리를 불렀어. 할머니는 손을 씻고 허리에 연보라색 앞치마를 매고 있었어.

"네!"

내가 신이 나서 대답했어. 얼른 요리하고 싶었어!

"할머니, 진심이세요?"

제이가 아주 놀란 목소리로 할머니께 묻더라고. 할머니는 독립 기념일 불꽃놀이처럼 활기찬 표정으로 대답했어.

"좋은 생각이 났단다. 내가 어릴 적 고향에서 만들었던 걸 해주마."

하마터면 제이 할머니를 또 껴안을 뻔했지 뭐야! 할머니는 우묵하고 둥근 프라이팬에 참기름을 끼얹고는 가스레인지를

켰어. 그런 다음 빠르고도 정확한 동작으로 파, 당근 한 개, 빨간 피망 한 개, 적양배추 한 통을 썰어서 따로따로 깔끔하게 쌓아 두었어. 그다음엔 생강과 마늘을 저몄지. 칼질을 저렇게 빨리 하는 사람은 처음 봤어. 내가 제이를 보고 말했어.

"할머니가 우리의 비밀 병기네!"

"볶음 요리 하시는 거예요?"

할머니가 지글대는 프라이팬에 채소를 넣는 걸 보며 제이가 물었어. 할머니가 고개를 끄덕였어.

"오래전에, 그러니까 너희 아빠가 아직 꼬마였을 때지. 너희 할아버지랑 내가 아빠를 데리고 베이징에 있는 야시장에 갔단다. 너희 아빠가 도시에 간 건 그때가 처음이었어. 바글바글한 사람들이며 시끄러운 소리를 아주 좋아했단다. 우리는 붐비는 야시장 노점 사이를 돌아다녔어. 곳곳에서 맛있는 음식 냄새가 우리를 불렀지. 마지막에 우리가 고른 건 바삭바삭한 메뚜기볶음이었단다. 셋이 같이 나눠 먹었지."

할머니가 메뚜기 세 마리를 프라이팬에 넣었어. 그 위에 간장과 참기름을 붓자 메뚜기가 팡팡 튀어 올랐어.

"할아버지가 보고 싶어요, 할머니."

제이가 다정하게 말했어. 할머니도 고개를 끄덕였어. 우리는 잠시 말없이 할머니가 요리하는 모습을 지켜봤어. 톡 쏘는 마늘 냄새가 부엌에 가득 찼어.

"할머니, 냄새 진짜 좋아요. 하지만……."

제이가 프라이팬을 가리켰어.

"브룩데일 중학교에 다니는 애 중에 이걸 돈 내고 사 먹을 애는 없을 거예요."

"사 먹고 말고."

할머니가 손을 내저었어.

"선생님이 그러셨는데 고객을 이해하는 게 중요하대요. 저 같은 애들은 이런 벌레 안 먹고 싶어 해요. 너무 벌레 같잖아요. 다리도 날개도 다 그대로인 벌레요."

"나는 먹어 볼래!"

내가 손을 들었어.

"너야 먹겠지."

제이가 중얼거렸어.

할머니가 얇은 접시를 꺼내서 메뚜기 볶음을 조금 담아 줬어. 에디는 어깨 너머로 접시를 엿보고 있었고. 난 메뚜기 한 마리를 집어 입에 넣었어. 도움이 될 만한 채소도 같이 얹어서 먹었지. 마늘 기름에 구운 새우 맛이 났어.

"정말 맛있어요!"

할머니에게 양손 엄지를 들어 보였더니 할머니 얼굴에서 빛이 났어. 그때 아이디어가 번뜩 떠올랐어.

"좀 더 먹기 편하면 좋을 것 같아요. 포크가 없어도 손에 들고 먹을 수 있는 방법이 있을까요?"

"춘권 속에 벌레를 넣으면 어떨까? 만두도 좋고."

할머니는 채소를 더 썰기 시작했어.

"저 춘권 좋아해요."

내 외침에 제이는 고개를 가로저었어.

"안 돼. 쿠키를 만들어야지. 애들은 다 쿠키 좋아하잖아. 먹기도 쉽고."

"포춘 쿠키 만들자! 안에 살아 있는 메뚜기를 넣자!"

에디도 신나서 거들었어.

"윽! 생각만 해도 소름 끼쳐."

제이는 입을 막는 시늉을 하더니 곧 덧붙였어.

"좋아, 초콜릿 칩 쿠키로 가자. 그게 최선이야."

"그럼 이름은 귀뚤릿 칩 쿠키로 하면 되겠다. 어때?"

내 농담에 제이가 피식 웃으며 말했어.

"이제 누가 더 말장난을 좋아하는지 알겠지?"

할머니는 프라이팬을 정리하고, 남은 채소는 저녁 식사용으로 치워 뒀어. 나는 핸드폰에서 쿠키 만드는 법을 검색했지. 우리는 식품이 든 찬장에서 밀가루, 백설탕과 흑설탕, 베이킹파우더, 작은 바닐라 병을 꺼내고 냉장고에서 달걀, 우유, 버터를 꺼냈어. 제이네 부엌은 어마어마하게 잘 정리되어 있었어. 우리 집에서였다면 절대 재료를 다 찾지 못했을 거야.

"먼저 물기 있는 재료를 섞어야 해. 다음에는 마른 재료끼리 섞어. 그런 다음 둘을 합쳐."

내가 조리법을 읽으며 말했어.

"벌레는 물기 있는 재료야, 마른 재료야?"

어느 틈엔가 내 곁에 까치발로 서 있던 에디가 물었어. 꼬마 도우미가 있으니 좋은걸.

"마른 재료. 마지막에 초콜릿 칩이랑 같이 넣을 거야."

제이가 모든 재료의 양을 쟀어. 다음은 재료를 섞을 차례야. 나는 노래를 틀고 춤추듯 할 수 있는 게임을 만들었지. 세 번 젓고, 제자리에서 세 번 돌고, 다음 사람에게 볼을 넘기는 거야. 물론 에디도 끼워 줬어. 노래가 끝나기 전에 다음 사람에게 열 번 넘기는 게 게임의 목표야. 아니면 누군가가 어지러워서 바닥에 쓰러지기 전에.

빙빙 돌 때마다 밀가루 반죽이 튀어 나갔어. 달걀이 조리대 밑으로 뚝뚝 흐르고, 설탕이 바닥에 흩어졌지. 에디는 바닥에 줄곧 주저앉아 있었고, 할머니는 재미있다는 듯 미소 지으며 지켜봤어. 제이가 할머니를 보는 표정으로 미루어 볼 때, 평소에 할머니는 이런 일에 너그럽지 않으신 것 같았어. 하지만 내가 있으면 어른들이 너그러워지더라고. 어른들은 내가 사랑스러워 보이나 봐. 내 특이한 초능력 중 하나지.

"벌레 등장!"

냉동실에서 통을 꺼내서 귀뚜라미를 한 움큼 집어 들었어. 작은 땅콩 크기였어. 부가티 박사님이 줬던 것보다 작았지. 우리는 귀뚜라미를 초콜릿 칩과 함께 반죽에 섞은 다음, 반죽을 한 숟갈씩 떠서 오븐 팬 위에 늘어놓고 뜨거운 오븐 속에 팬을 밀어 넣었어.

그리고 기다렸어.

제이와 나는 서로 더 재미있는 말장난 만들기 대결을 했어. 이건 내 주특기이지만 제이도 실력이 대단하던걸. 할머니는 웃었고 우리는 아주 신나는 시간을 보냈지. 에디가 외치는 소리에 깜짝 놀라기 전까진 말이야. 간 떨어지는 줄 알았네.

"으악!"

"왜 그래?"

내가 소리쳤어.

"살아 있어!"

에디는 의자 위에 올라가서, 오븐의 유리문에 코와 손바닥을 딱 붙이고 있었어.

제이와 나도 달려갔어. 할머니가 손으로 입을 틀어막았어.

"세상에. 쿠키가 움직이고 있어!"

제이가 오븐 안을 가리켰어. 약간 퍼진 반죽 덩이들이 꿈틀꿈틀 움직이고 있었어.

"이게 무슨 일이야, 핼리? 얼리면 죽는다고 했잖아!"

"그럴 줄 알았지."

나는 당황해서 어쩔 줄 몰랐어.

"냉동실에서 20분은 너무 짧았나?"

"그러셨어?"

제이가 어이없다는 듯 눈을 굴렸어.

"꺼내!"

나도 소리를 질렀어. 살아 있는 채로 굽는다니, 갑자기 소름이 확 끼쳤거든.

"미쳤어? 막 기어 다닐 거야. 저것 좀 봐!"

제이가 손가락질을 했어.

팬 위에 놓인 쿠키 하나가 다른 쿠키 옆으로 조금씩 움직이고 있었어! 쿠키에 갑자기 다리가 생긴 것처럼 말이야!

"꺼내!"

내가 울부짖었어.

할머니가 우리 앞으로 나섰어. 오븐 장갑을 낀 할머니는 돌연 변이 쿠키를 오븐에서 꺼냈어. 바로 그때 뒤에서 쿵 소리와 함께 헉하는 숨소리가 들려왔어.

우리는 한꺼번에 뒤를 돌아봤어. 그 순간, 제이와 에디는 몸이 굳어 버렸지. 제이네 엄마가 입을 가린 채 부엌 입구에 서 있었거든. 이 난장판을 목격한 엄마가 너무 놀라서 무거운 가방을 바닥에 떨어뜨리고 말았던 거야. 엄마의 눈길은 꿈틀대는 쿠키에까지 향했어. 제이네 엄마는 몸집이 작은 사람이었지만, 그 순간에는 부엌문 꼭대기에 닿을 만큼 커 보였어.

제이네 엄마가 뭐라고 말했어. 중국어였지만 완벽하게 이해할 수 있었지.

큰일 났다!

12장

제이 : 벌레의 마법

"지금 뭐 하는 거니?"

엄마 목소리는 우리가 들고 있던 반냉동 귀뚜라미보다 차가 웠다. 정리 정돈은 엄마에게 굉장히 중요한 일이다. 집 안도, 서 랍도, 어디든 가지런해야 한다. 그런데 방금 전 세 아이가 밀가 루와 설탕을 뒤집어쓰고, 지금껏 한 번도 본 적 없을 만큼 엉망 진창이 된 주방에서 비명을 지르고 있었다. 아, 심지어 반쯤 익 은 쿠키에서 탈출하려는 벌레들도 있었다.

에디와 나는 말없이 서 있었다. 할 말이 없었으니까. 우리는 엄마를 실망시켰다.

하지만 핼리는 말하기 시작했다. 얘는 입을 다물고 있는 법이 없다. 핼리가 설명을 쏟아 냈다. 시제품을 만들려고 했지만 귀뚜라미를 충분히 얼리지 못했다고. 그러곤 벌레 식품이 얼마나 이로운지에 대해 이리저리 손짓을 해 가며 열변을 토했다. 핼리가 가끔 이상한 건 사실이지만 엄청나게 똑똑하다는 걸 이제는 알겠다. 핼리는 알고 있다. 나처럼 교과서에 나온 지식만 아는 게 아니다. 에리카처럼 패션 블로거들이 하는 말을 아는 것도 아니고. 핼리는 사회 문제나 세상에 대한 중요한 걸 알고 있다. 그리고 물론 벌레에 대해서도. 핼리가 흥분했다 하면, 이야!

엄마는 아무 말도 없었다. 그 대신 핼리 말이 전혀 안 들리는 것처럼 반응했다.

"당장 주방을 치우렴."

나와 에디에게 조용히 말했다. 천천히 할머니 쪽을 보며 눈썹을 찌푸렸다.

그리고 마침내 핼리를 바라봤다.

"미안하지만 이제 집에 가 줘야겠다."

배 속이 울렁거렸다. 학교 친구들은 우리 집과는 맞지 않는다. 나중에 엄마는 핼리를 두고 '어리석다'든가 '덤벙댄다'고 할 게 틀림없다. 스펜서한테 늘 그러는 것처럼.

엄마가 주방에서 나갔다. 계단을 올라 침실로 가는 발소리가 들렸다. 핼리를 보기가 두려웠다. 핼리는 이해하지 못할 것이다.

"자, 제이! 후딱 치우자!"

나는 고개를 들고 핼리가 불쑥 내민 스펀지를 받아 들었다.

핼리는 유치원 때 배운 바보 같은 청소 노래를 흥얼거리며 베이킹파우더 통과 바닐라병 뚜껑을 닫았다.

"넌 안 해도 돼."

내가 말했다. 핼리가 어깨를 으쓱했다.

"괜찮아. 어휴, 이런 식으로 너희 엄마를 만나게 될 줄이야. 별로 좋은 첫 만남은 아니었다, 그렇지? 근데 나 좀 두근거렸어. 진짜 과학자를 만나는 게 꿈이었거든. 우리도 과학자한테 도움을 받을 수 있겠다. 식품 과학이라는 거 있지 않아?"

"있을 거야."

"내일 우리 집에 와. 우리 엄마 아빠는 부엌을 마음대로 써도 내버려 두거든. 그리고 뭐라도 만들어 가지 않으면 이번 과제에서 탈락할 거야."

"이걸 못 하면 나쁜 점수를 받는 거니?"

할머니가 갑자기 수도를 잠그며 물었다.

내가 고개를 끄덕이자 할머니는 행주에 손을 닦고 주방에서 나갔다.

"엄마한테 가는 걸까?"

에디가 속삭였다. 일은 벌써 충분히 꼬였다.

"핼리, 벌레 챙겨서 가. 우리가 치울게."

"정말?"

핼리가 에디를 가리키며 말을 이었다.

"흠, 에디가 설탕 스크럽으로 조리대를 닦아 주려는 것 같은데."

으악, 정말로 내 동생 에디가 설탕 더미에 물을 부은 다음 종이 행주로 그 위를 문지르고 있었다.

그때 할머니와 엄마가 주방으로 돌아왔다. 핼리가 서둘러 말했다.

"안녕하세요, 제이 어머니. 청소하는 걸 돕고 있었어요. 이것만 끝나면 자전거 타고 집에 갈게요."

엄마가 고개를 끄덕였다.

"고맙다."

할머니가 엄마에게 무슨 말을 했는지 모르지만, 엄마 얼굴이 많이 풀려 있었다. 심지어 웃기까지 했다.

"무슨 학교 프로젝트인지 설명 좀 해 줄래?"

세상에! 이게 무슨 일이지? 나는 할머니를 쳐다보았다. 할머니가 테이블 쪽으로 턱짓했다. 엄마가 거기 앉아 있었다. 핼리가 득달같이 엄마 옆에 앉았고 나도 합류했다. 우리는 함께 피칭 대회에 대해 설명했다. 엄마는 정확한 정보를 좋아하지만, 아까 핼리가 말한 것처럼 뒤죽박죽 쏟아 내선 안 된다. 나는 사업가처럼 말하려고 애썼다.

"제대로 되는 게 아무것도 없어요."

내가 말을 맺었다. 핼리가 뛰어들었다.

"완전 망했어요. 기어 다니는 쿠키를 만든 게 다예요. 벌레를 요리해 본 적이 없어서 헷갈린 거죠. 저희 아빠가 항상 망설이지 말고 도움을 구하랬어요. 제이 어머니도 늘 실험을 하시잖아요. 네? 이것도 비슷한 일이라고 생각해요."

엄마는 핼리를 새삼 흥미롭다는 얼굴로 바라봤다.

"제대로 되는 게 아무것도 없다고 하기엔 너무 이른 것 같구나. 실험이 실패했으면 다른 방향에서 접근해야지."

"다른 방향이요? 어떡해요? 요리도 하시나요?"

"아니, 하지만 벌레를 활용하는 연구는 하지."

엄마는 연구실에서 실험할 때 쓰는 작은 초파리 이야기를 한 적이 있다. 초파리는 암 그리고 감염과 관련된 수많은 과학적 발견에서 중요한 역할을 해 왔다. 초파리는 키우기 정말 쉽고 10일밖에 못 사는 데다, 같은 병을 일으키는 유전자가 인간과 70퍼센트 동일하기 때문이다.

그러고 보니 우리 엄마는 꽤 대단한 곤충 전문가였다!

"그럼 어떻게 하면 좋을까요, 제이 어머니?"

핼리가 물었다.

"논리적으로 접근해야지. 과학자처럼. 먼저 다양한 벌레 조리법 목록을 만들렴."

엄마가 간단히 대답했다.

"그럴게요."

헬리가 보라색 배낭에서 수첩을 꺼내더니 목록을 갈겨쓰기
시작했다.

~~끓이기(수프처럼)~~ ► X
~~볶기(볶음 요리처럼)~~ ► X
~~반죽해 굽기(쿠키처럼)~~ ► X
튀기기(감자튀김처럼)
숯불 구이(갈비처럼)
달걀 섞어 볶기(스크램블드에그처럼)
살짝 굽기(토스트처럼)
오븐에 굽기(감자 구이처럼)

"오븐에 굽기."

엄마가 그 부분을 가리키며 말했다.

"오븐에 구우면 수분이 날아가지. 그러면 뭘 만들기가 좀 수
월해질 거야. 우선 작업 공간이 청결해야 하고!"

엄마가 남색 블라우스 소매를 걷어 올리기 시작했다.

이런 일은 처음이다. 엄마는 문제지 풀기나 그림 카드로 퀴

즈 내기는 열심히 도와줬지만 만들기 과제 같은 걸 해 주진 않았다. 그건 할머니의 일이었다. 엄마가 크레용이나 풀을 만지는 모습은 단 한 번도 보지 못했다. 쿠키를 굽는 모습도 물론이다.

"도와주시는 거예요? 신난다!"

핼리가 환호했다.

엄마가 고개를 끄덕였고 할머니는 만족스러운 듯 미소 지었다. 할머니가 엄마를 끌어들인 게 분명하다. 할머니는 언제나 우리 가족이 한데 뭉치도록 애쓰니까. 그래서 내가 할머니가 중국으로 돌아가도록 내버려 두지 않는 거다. 할머니가 없으면 어떻게 될지 뻔하기 때문이다.

주방이 반짝반짝 빛날 만큼 깨끗해지자 엄마가 오븐을 낮은 온도로 예열했다. 우리는 귀뚜라미와 메뚜기를 냉동실에서 꺼냈다. 거의 90분 동안 냉동실에 넣어 둔 것들이다. 핼리가 한 마리를 조리대 위에 떨어뜨렸다. 나는 한 마리를 조심스레 잡고 입김으로 더운 숨을 불었다. 에디는 겨드랑이 밑에 한 마리를 끼워서 온기를 줬다. 아무것도 움직이지 않았다. 모두 괜찮았다. 이번에는 다 꽁꽁 얼었다!

우리는 귀뚜라미부터 요리해 보기로 했다. 귀뚜라미가 더 작았기 때문이다. 귀뚜라미를 올리브유와 소금에 살짝 버무린 다음 오븐에 구웠다. 20분 뒤, 엄마가 오븐 팬을 꺼내서 가스레인지 위에 올려놓고 식혔다. 우리는 팬에 묻어난 기름을 종이 타

월로 조심스레 닦았다. 구운 귀뚜라미는 바싹 말라 부스러지려는 곡물 껍질처럼 보였다. 확실히 훨씬 덜 벌레 같았다.

"식을 때까지 기다리면서, 이걸 어떤 요리에 넣으면 좋을지 찾아보자."

엄마가 말했다.

에디가 창문 아래 책장으로 후다닥 달려가 요리 책을 꺼냈다. 광택이 있는 빨간색과 흰색 표지의 커다란 요리 책이었다. 에디는 다시 달려오면서 너무 속도를 냈다.

"조심해!"

내가 외쳤다.

에디는 가스레인지에 부딪히지 않으려고 팔을 쭉 뻗었고, 그 바람에 무거운 책이 공중으로 날아올랐다.

쾅! 와사삭!

요리 책은 쿵 소리와 함께 구운 귀뚜라미 쟁반 위에 착륙했다.

"뭐 하는 거야, 에디?"

책을 들었다. 벌레들은 가루가 되어 있었다.

"미안해."

에디는 금방이라도 울음을 터뜨릴 것 같았다.

"괜찮아, 에디."

핼리가 한숨을 쉬었다. 하지만 괜찮지 않았다.

"이건 징조야. 온 우주가 나서서 벌레는 그만두고 더 쉬운 다른 걸 하라고 말하고 있어. 레모네이드 가판대 같은 거.”

“톰슨 선생님한테 가서 파트너를 바꿔 달라고 해. 난 그만두지 않을 거니까.”

핼리가 쏘아붙이듯 말했지만 목소리는 나보다 더 힘이 쭉 빠져 있었다.

“그럴지도.”

“그래.”

“그래.”

나는 핼리를 바라보았다. 핼리도 나를 바라보았다. 내가 먼저 눈을 깜빡일 리 없다. 나는 눈싸움의 왕이니까. 고집쟁이 왕이기도 했다. 최소한 할머니 말에 따르면 그랬다.

쾅!

핼리와 내가 동시에 눈을 깜빡였다.

엄마가 요리 책을 다시 한번 쟁반 위에 떨어뜨린 것이다.

“뭐 하시는 거예요?”

우리가 소리를 질렀다.

“에디가 답을 알아냈잖아. 벌레 가루야!”

엄마가 책을 들어 올리며 대답했다.

“가루요?”

우리는 더 가까이 다가갔다.

“구운 귀뚜라미를 부스러뜨리면 가루가 돼. 보이지? 단백질

제이

가루야. 다른 음식에 쉽게 섞을 수 있어."

"징그러운 벌레가 완전히 사라졌어요. 더 이상 벌레처럼 보이지 않아요. 천재적이에요."

핼리가 씩 웃었다.

"그렇구나, 벌레를 있는 그대로 먹어야 한단 생각이 문제였던 거야."

나도 맞장구쳤다.

"예를 들어서 소도 생긴 그대로 먹진 않잖아. 햄버거나 고기완자나 스테이크를 만들어서 먹지. 나는 벌레 가루 대찬성이야."

누가 상상이나 했을까? 엄마와 성가신 남동생이 우리 문제를 해결해 주다니!

다음 날 수업에서 피칭 파트너 회의를 하는 동안, 톰슨 선생님에게 우리의 발견에 대해 이야기했다.

"그럼 귀뚜라미 가루가 너희 상품이니?"

선생님이 물었다.

"아뇨. 그건 주재료예요."

나는 요리는 아직 만들지 못했다고 설명했다.

"그래놀라 바를 만들어 볼까 해요. 아니면 에너지 바요."

"동물 모양 크래커는 어때? 동물 대신 벌레 모양으로 만드는 거야!"

핼리가 힘주어 말했다.

"동물 모양 크래커는…… 음, 좀 유치하지 않을까? 우리 제품은 유행을 더 따라가야 해. 예를 들면 마시멜로 시리얼 바 같은 거?"

나도 의견을 굽히지 않았다.

"동물 모양 과자는 귀여워."

핼리가 말했다.

"귀여운 게 뭐가 중요해?"

나는 한숨을 푹 쉬었다. 조별 프로젝트는 스펜서랑 할 때가 훨씬 쉬웠다. 스펜서는 내가 알아서 하게 내버려 뒀는데…….

"동물 크래커도 인기 많아. 아무나 붙잡고 물어봐."

"바로 그거야."

톰슨 선생님이 말했다.

"톰슨 선생님도 동물 크래커 찬성이래!"

핼리가 소리쳤다.

"아니, 아무나 붙잡고 물어보라는 말에 찬성한 거야."

톰슨 선생님이 고쳐 말했다.

"그걸 시장 조사라고 하지. 회사에서 새로운 상품을 개발할 때 시장 조사를 한단다. 반 애들에게 설문을 해 보렴. 고객들에게 말할 기회를 줘."

우리는 교실에 있는 컴퓨터로 아이들이 좋아할 법한 선택지

제이

를 모두 입력했다.

당신이 가장 좋아하는 과자 종류는?
(딱 하나만 고르세요)

□ 초콜릿 칩 쿠키

□ 동물 모양 크래커

□ 마시멜로 시리얼 바

□ 그래놀라 바

□ 토르티야 칩

□ 프레츨

수업이 끝날 무렵, 핼리와 나는 책상 사이를 왔다 갔다 하며 우리 설문지를 건넸다. 스펜서 책상 앞에 섰을 때 나는 조금 머 뭇거렸다.

스펜서가 그런 짓을 저지른 뒤, 우리는 아직 한 마디도 하지 않았다. 나는 아무 일도 없었던 척, 화가 나지 않은 척, 스펜서와 어울리지 않아도 괜찮은 척해 왔다. 하지만 괜찮지 않다. 내가 알던 스펜서는 엉망진창이 되었다. 나를 완전히 배신했다.

"안녕."

스펜서가 조용히 말했다.

"안녕."

"버그 걸이랑은 잘돼 가?"

스펜서가 씩 웃었다. 서로 농담이라도 주고받는 것처럼.

"잘돼 가."

내 목소리가 묘하게 굳었다.

"사실은 아주 잘돼 가."

"진짜? 그런 애랑 놀기엔 네가 너무 쿨한데."

스펜서가 눈을 가늘게 뜨고 나를 올려다보았다.

나도 모르게 숨을 후, 내쉬었다. 나는 내가 숨을 참고 있는지도 몰랐다. 스펜서가 나에게 쿨하다고 했다. 어쩌면 예전으로 돌아갈 수 있을지도 모른다.

"이거 좀 써 줘."

갑자기 핼리가 나타나서 스펜서 책상 위에 설문지를 탁 놓았다. 그런 다음 핼리는 내가 거북이고 자기가 거북 등딱지라도 되는 것처럼 내 옆에 찰싹 붙어 서서, 나를 이끌고 책상들 사이를 지나 교실 정반대 쪽까지 갔다.

나는 수업 시간 동안 줄곧 스펜서를 곁눈질했다. 하지만 스펜서는 나와 눈을 마주치지 않았다.

그날 오후, 나는 에리카, 사마라와 영어 수업을 마치고 나와 버스 타는 쪽으로 걸어갔다. 둘은 나랑 스펜서 사이에 무슨 일

제이

이 있었는지 전혀 모르고 있었다. 스펜서는 아무 말 하지 않았고, 나도 마찬가지였다. 에리카는 쇼핑몰에서 봤다는 새 운동화 이야기를 하고 있었다. 그 운동화에는 기분에 따라 색이 변하는 보석 같은 것이 줄줄이 붙어 있다고 했다. 우리는 발이 주인의 기분을 알 리 없다느니 있다느니 떠들어 댔다.

그때 나를 향해 손을 흔드는 핼리가 눈에 띄었다. 핼리는 큰 나무 옆에서 까치발로 폴짝폴짝 뛰고 있었다. 핼리는 신나는 일이 있으면 저런다. 핼리의 발은 핼리의 기분을 가장 정확히 안다.

에리카와 사마라에게 파트너와 이야기해야 한다고 말하자 둘은 고개를 끄덕였다. 지난 이틀간, 학교에 대회 이야기가 퍼져 나갔다. 피칭 포스터가 복도 곳곳에 붙었고, 톰슨 선생님은 강당에서 열리는 피칭 대회에 부모님들을 초대했다고 알려 주었다. 우리 부모님은 일이 바빠서 학교 모임에 오는 일이 거의 없지만 할머니는 분명 오실 것이다.

핼리가 수첩을 보여 줬다.

"내가 설문 결과를 정리했어."

승자는……

- 초콜릿 칩 쿠키 ⅠⅠⅠⅠ

```
- 동물 크래커 ‖
- 마시멜로 시리얼 바 ‖‖
- 그래놀라 바 |
- 토르티야 칩 ‖‖‖ ‖
- 프레츨 ‖‖
```

"시장 조사 결과에 따르면 토르티야 칩이 정답이네."

"왜 동물 크래커가 아닌 거지?"

그때 핼리가 갑자기 손을 높이 들고 흔들었다.

"어, 제이네 엄마다! 안녕하세요!"

우리 엄마? 엄마가 나를 데리러 학교에 온 적은 한 번도 없다. 하지만 늘어선 학교 버스들 뒤로 작은 은색 자동차가 서 있는 게 보였다.

"오늘 금요일이라서 일찍 끝났어."

나도 모르게 엄마에게 달려갔다. 엄마는 금요일이 특별한 날이기라도 한 것처럼 말했다. 우리 부모님은 주 6일 일한다. 그러니까 금요일은 화요일과 아무 차이가 없다.

"우리 연구실에 벌레를 대 주는 공급처가 있는데, 거기서 귀뚜라미를 좀 얻었어. 반려동물용품점에서 파는 것보다 이걸로 요리를 만드는 게 더 안전할 거야. 이미 냉동도 되어 있고."

엄마가 옆에 놓인 파란색 보랭 가방을 가리켰다.

엄마가 이렇게 신난 모습은 좀처럼 본 적이 없다. 엄마 눈이 반짝반짝 빛나고 있었다. 게다가 퇴근을 했다! 나랑 학교 과제를 하려고! 핼리가 우리 가족한테 벌레 마법이라도 걸었나?

에리카를 슬쩍 쳐다봤다. 버스 쪽으로 성큼성큼 걷고 있었다. 긴 머리칼이 흔들렸다. 이어서 사마라를 보았다. 책가방을 뒤지고 있었다.

나는 핼리를 불렀다.

"얼른 타! 칩 만들러 가야지!"

자꾸만 웃음이 났다.

핼리 : 신뢰를 얻는 법

귀뚜라미 요리용 배경 음악 리스트
- - - - - - - - - - - - - - - - - -

* 비틀스
* '사랑 벌레(Love Bug)' 조나스 브라더스
* '반딧불(Fireflies)' 아울 시티
* '내 친구는 다 곤충(All My Friends Are Insects)' 위저
* '곤충(Insects)' 오잉고 보잉고
* '귀뚜라미의 노래(The Cricket Song)' 리치 오툴

제이네 엄마가 얼마나 대단한지 얘기해 볼까? 우리는 함께
제이네 집으로 갔어. 주방은 벌써 박박 닦여 있고 소독도 끝나

있었어. 제이네 엄마가 다 해 둔 거야. 재료는 줄 맞춰 늘어놓고, 주의 사항도 출력해 두고! 할머니는 에디와 테니스 교실에 갔어. 꼬맹이는 만들기 분야에서도 테니스 실력을 뽐낸 적이 있잖아! 제이 엄마는 우리에게 앞치마를 입게 한 다음, 머리카락을 가리라고 꽃무늬 샤워 캡까지 건넸어. 제이는 싫어했지만 나는 자랑스럽게 샤워 캡을 썼어. 음식에 모르는 사람 머리카락이 들어 있으면 역겹잖아!

그리고 나는 음악을 틀었어. '귀뚜라미' 하면 떠오르는 음악을 저장해 뒀거든. 나는 말하는 걸 정말 사랑해. 그래서 소리 없이 휑한 시간을 메워 줄 음악이 꼭 필요했어. 제이네 엄마는 내가 음악을 트는 것을 전혀 불편해하지 않았어. 제이도 내내 조용하게 움직였지.

우리는 어제 했던 것처럼 냉동 귀뚜라미를 구웠어. 구운 귀뚜라미를 비닐봉지에 넣고 커다란 나무망치로 산산조각을 내서 귀뚜라미 가루를 만들었지. 나는 이 일도 펀치 게임으로 만들었어. 망치를 한 번 내리쳤을 때, 알아볼 수 없을 만큼 부서진 귀뚜라미만 2점을 받는 게임이야!

제이가 우승했어. 제이가 우승한 건 힘이 세기 때문이거나 좀 화가 나 있었기 때문일 거야. 둘 다일 수도 있고.

우리는 귀뚜라미 가루와 옥수수 가루, 기름을 섞어 반죽을 만들었어. 반죽을 치대고 밀대로 납작하게 편 다음, 삼각형 모양으로 잘랐어. 제이네 엄마가 아주 뜨겁게 데운 기름에 삼각형을 하나씩 조심스레 튀겼어. 우리 엄마나 아빠가 요리할 땐 끊임없이 맛보고 간하고, 양념을 뿌리거나 불을 올렸다 내렸다 해. 하지만 조리 테스트를 할 때는 체계적이고 과학적인 태도로 임해야 한다고 제이네 엄마가 몇 번이나 말했어.

우리는 칩을 여러 무더기로 나누었어. 한 무더기에는 소금을 뿌렸어. 다른 무더기엔 라임즙을 뿌렸고. 어느 무더기에는 치즈, 또 다른 무더기에는 고춧가루를 뿌렸지. 넷 다 뿌리기도 했어. 우리가 퇴짜 놓은 무더기가 조리대 위에 산더미처럼 쌓여 갔어. 맛 찾기 탐험이 반쯤 끝났을 때, 제이네 엄마는 일 때문에 전화를 하러 2층으로 사라졌어. 하지만 제이는 신경 쓰지 않는 것 같았어. 제 맛을 내는 조합 찾기에 완전히 몰두해 있었거든.

오후 내내 이 일에 매달렸어. 그리고 마침내 제이가 우승 칩을 선정했어.

"이거야."

나도 동의했어.

"나에게 박수를 보낼래. 벌레 먹기 쫄보, 이제 미식 벌레 요리 셰프가 되다!"

나는 등 뒤로 손을 넘겨 내 등을 토닥토닥 두드렸어.

"다음은 세계를 정복할 차례다!"

"우선 우리 수업부터 정복해야 해. 너 걔들이랑 얘기해 본 적

있어? 진짜 까다롭고 빈말 안 하는 애들이야."

제이가 현실을 일깨워 주었어. 하지만 나는 걱정되지 않았어.

"나한테 계획이 있어."

월요일 점심시간, 나는 학교 식당으로 갔어. 여자 소프트볼 팀과 농구 팀이 항상 점심을 먹는 긴 테이블 끝으로 가서 애들 사이에 끼어 앉았지. 다들 한 번씩 째려보더군. 나는 걔들 친구가 아니었으니까. 하지만 상관없었어. 그 자리 뒤가 바로 제이가 점심을 먹는 자리니까. 이제부터 흥미진진한 사건이 벌어질 곳이기도 하고.

제이가 왜 계속 스펜서랑 같이 점심을 먹는지, 나 정말 요만큼도 모르겠어. 하지만 제이 말마따나 못 먹을 이유도 없긴 해. 제이 친구들은 스펜서 친구이기도 하고, 식당 테이블이 스펜서 것도 아니니까.

그래, 좋아. 제이는 누구하고든 친구로 지낼 수 있어. 우리 사업을 망치지만 않는다면 말이야.

나는 땡그랑 쟁반 부딪치는 소리와 떠드는 소리 너머로 귀를 쫑긋 세우고 집중했어.

"이거 먹어 볼래?"

제이가 머뭇머뭇 권하는 소리가 들렸어. 제이가 저걸 하도록 얼마나 오랫동안 설득했나 몰라.

"칩이랑 아보카도 소스? 나 먹을래!"

라울이 외쳤어.

"응. 칩은 집에서 만든 거야."

나는 등을 돌리고 있었지만, 제이가 가방에서 커다란 칩 봉지와 우리 아빠가 만든 특제 아보카도 소스 통을 꺼냈다는 걸 알았어. 그렇게 대본을 짰거든.

"누가 만들었는데? 너희 할머니?"

스펜서가 의심이 담긴 목소리로 물었어. 예상대로야. 할머니가 갑자기 멕시코 음식을 만들었다고 하면 스펜서가 믿을 리 없지.

"내가 도왔어."

제이가 에리카를 향해 말을 이었어.

"문화 센터에서 할머니 할아버지 들한테 보내는 소식지 본 적 있어? 거기 보면 세계 요리 강좌니 수영 요가니 별거 별거 다 있어."

마음속으로 박수를 쳤어. 제이는 우리가 계획한 그대로 대답했어. 제이가 말한 두 가지 정보는 서로 관련이 없지만, 할머니가 요리 강좌를 들었다는 것처럼 들리지. 사실은 듣지 않았지만. 어쨌든 제이가 한 말 중에는 거짓말이 하나도 없으니 최고지 뭐야.

나는 거의 눕다시피 뒤로 기대앉아서 귀를 기울였어. 릴리가 문화 센터에서 하는 강아지 훈련 강좌에 대해 떠들고 있었지만, 나는 냠냠 짭짭 소리에 집중했지. 스펜서, 라울, 에리카, 사마라, 오웬, 릴리가 칩을 먹는 소리였어. 바로 우리 칩을!

제이가 어찌나 침착하게 연기를 하던지 정말 깜짝 놀랐어. 제이는 칩이 부스러기만 남을 때까지 기다렸어.

"어때?"

"진짜 맛있어."

"가게에서 파는 것보다 훨씬 맛있네."

"이거 한없이 먹겠는걸. 더 없어?"

스펜서가 이렇게 물었을 때, 나는 뒤로 휙 돌아 아이들을 보았어. 이 광경을 꼭 제대로 보고 싶었거든.

"둘, 셋, 둘, 하나, 하나, 넷."

제이가 에리카, 라울, 사마라, 오웬, 릴리 끝으로 스펜서를 가리키며 수를 셌어.

"뭐 하는 거야?"

사마라가 물었어.

"귀뚜라미 수를 셌어."

"귀뚜라미? 어디?"

릴리가 주변을 두리번거리며 소리를 질렀어.

내가 일어서서 제이에게 다가가며 말했어.

"아, 이제 없어. 너희가 먹었거든. 우리가 만든 맛있는 칩에 들어 있었지. 칩 하나당 한 마리 정도 들어 있으니까, 먹은 칩 수가 귀뚜라미 수인 셈이야. 도와줘서 고마워. 아무래도 우리가 우승할 것 같다."

"이건 말도 안 돼!"

에리카가 소리쳤어.

"내가 벌레를 먹었다고? 거짓말."

사마라가 말했어.

"난 진짜 맛있었는데."

오웬이 어깨를 으쓱했어.

"나도……."

스펜서가 중얼거렸어. 흥, 꽤 진지한 표정이던걸! 우리한테 질까 봐 걱정이 되는 건가?

"아, 그래, 이런 식으로 한단 말이지?"

라울이 손을 맞비볐어.

"좋아, 경쟁이다. 두고 봐. 난 아주 제대로 달려들 거니까."

"우리도 그럴 거야."

제이와 내가 동시에 말했지.

그날 오후, 톰슨 선생님이 화이트보드에 초록색 펠트펜으로 '피칭! 앞으로 10일!'이라고 썼어. 그러곤 교실 안을 돌아다니며 우리가 피칭 파트너와 회의를 하는 걸 지켜보았어.

제이는 릴리와 속닥이는 에리카를 쳐다보며 내게 속삭였어.

"쟤네 나한테 화났을까? 칩 때문에."

릴리도 우리를 힐끗 보고 있었어.

"아니, 괜찮을 거야."

"그렇겠지?"

제이가 자신 없는 듯 입술을 깨물었어.

"너 진짜 대단했어. 스펜서 눈동자 흔들리는 거 봤니? 귀뚜라미 날개 떨 듯하더라. 우리 칩은 분명히 맛있어. 우리가 증명했다고."

내가 제이에게 수군덕대는 걸 톰슨 선생님이 들었을까? 선생님이 우리 자리로 왔어. 점심시간에 시식 테스트를 해서 성공했다는 소식을 전했어.

"마냥 축하할 일은 아니구나."

선생님이 심각하게 말했어.

"사람들은 속임수를 쓰는 회사를 신뢰하지 않아. 회사가 신뢰를 얻지 못하면 사업은 실패하겠지. 소비자들이 스스로 너희 제품을 선택하게 하려면 어떻게 해야 할까?"

"시식 테스트를 더 많이 해야 해요."

내가 대답했어.

"그건 비즈니스를 시작할 때 좋은 방법이야. 고객들이 입소문을 내고 친구들에게 말하고, SNS에 공유해 준다면 효과가 굉장하지. 하지만 그런 걸 하나도 할 수 없을 땐 어떻게 하지?"

선생님이 물었어.

"너희가 슈퍼마켓의 과자 코너에 있다고 치자. 진열대에 칩이 가득해. 너희는 무엇을 보고 그중 하나를 선택하니?"

"봉지에 쓰여 있는 이름요. 그리고 봉지 색깔도? 눈길을 끄는 게 있으면 그걸 고르게 되잖아요."

"봉지에 쓰여 있는 설명도요. 설명을 읽고 맛있을 것 같은 걸 골라요."

제이가 덧붙였어.

"정확해."

톰슨 선생님이 교실 앞으로 걸어갔어.

"사업주님들, 들어 보세요. 상품명과 로고를 정해야 합니다. 대부분의 아이들이 세 살이 되기 전에 백 개 이상의 다른 로고를 식별할 수 있다는 사실을 알고 있나요?"

"에이, 그땐 글자도 못 읽잖아요."

릴리가 말했어.

"그게 바로 눈길을 사로잡는 로고의 힘이죠. 여러분 나이면 대부분 400개 이상의 로고를 식별할 수 있어요."

톰슨 선생님이 말했어.

"환상적인 이름이 필요해. '버블래'는 어때?"

내가 제이에게 말했어.

"모기 물린 데 바르는 약 이름 같아. 엄청 근질거리고 끈끈한 핑크색 약 있잖아."

"그럼 '귀뚤바사삭'은?"

하나 더 시도했어.

"엑. 딱딱하고 반짝이는 귀뚜라미 껍질이 생각나."

"'식스 칩'은?"

"웬 식스?"

"곤충 다리가 여섯 개니까."

내가 설명했어.

"다리 얘기는 절대 안 돼."

제이가 말했어.

"흠, 너는 아이디어 하나도 안 내면서."

내가 지적했어.

"'세계 식량 칩'은 어때? 아니면 '지속 가능한 과자'?"

제이가 후보를 냈어. 난 하품을 했지.

"지루해애애애. 너무 착한 느낌이야."

우리는 계속 아이디어를 던지고 기각했어. 딱 좋은 이름이 나오질 않더라고. 톰슨 선생님이 벌레와 관련된 단어를 활용해 보라고 제안했어.

"좋아, 벌레와 관련된 단어라. 귀뚜라미가 뭘 하지?"

제이가 물었어.

"날아다녀. 플라이 칩?"

"아니면 윙 칩?"

"귀뚜라미는 어떻게 울더라? 귀뚤귀뚤 우니까, 귀뚤칩은 어때?"

제이가 문득 말했어.

"첩스칩스."*

"첩스칩스? 완벽한 이름이야! 제이!"

그 뒤로 한 주 내내 우리는 이 완벽한 이름에 어울리는 로고를 고민했어. 결국에는 우리 엄마가 만든 로고를 골랐지. 제이도 나도 마음에 쏙 들었어! 금요일에는 우리 손에 상품명, 로고, 새로 만든 칩 한 무더기가 들어와 있었어. 이번엔 제이 엄마가 일하러 가서 할머니가 도와주셨지. 이제 우리에게 필요한 건 고객뿐이었어. 보통 사람들한테도 이걸 팔 수 있을까?

우리는 다음 날 2시에 커피 커넥션에서 만나기로 했어. 커피

---

* 영어로 벌레나 작은 새가 운다는 뜻의 동사 처프(Chirp)를 활용한 이름

숍 바깥에 테이블을 하나 차릴 거야. 걸 스카우트가 쿠키 팔 때 하는 것처럼 말이야. 우리 목표는 칩 스무 봉지를 파는 거야.

제이는 한 시간이면 다 팔 거라고 했어.

난 30분.

우린 둘 다 틀렸어.

엄마가 만든 로고

내 로고

제이 로고

14장

제이 : 마음의 소용돌이

왜 쟤들이 저기 있는 거지?

창 너머로 밖을 흘긋 내다보고, 나는 숨이 턱 막혔다. 당연히 핼리인 줄 알았다. 토요일 1시에 우리 집 벨을 여섯 번이나 누른 사람은 전에 없었으니까. 그런데 에리카와 사마라가 현관 앞에 서서 찌푸린 눈으로 우리 집을 올려다보고 있었다.

"누구세요?"

할머니가 주방에서 물었다.

"제 친구예요."

내가 얼른 현관문을 열었다.

"안녕!"

사마라가 내 티셔츠에 박혀 있는 무지갯빛 머리의 트롤을 쳐다봤다. 왜 메시지를 먼저 보내지 않은 걸까? 그럼 옷을 갈아입었을 텐데. 토요일 아침에 열리는 중국어 학교에서 막 돌아온 참이었다. 거기 갈 땐 늘 가장 편안한 옷을 입는다. 하지만 둘은 싹 차려입고 있었다.

방금 다 접은 작은 종이 거북이를 뒷주머니에 구겨 넣고 밖으로 나갔다.

"웬일이야?"

"스펜서 저기 살지, 응?"

에리카가 길 건너를 보았다.

"너네 진짜 친한 친구 맞지? 쭉 그랬다며? 릴리가 그러더라."

나는 고개를 끄덕였다.

"너무 잘됐다!"

사마라가 내 손을 잡았다.

"그래?"

얘들이 왜 이러는지 도무지 알 수가 없었다.

"라울이 메시지를 보냈어. 지금 스펜서네 집에 있으니까 우리도 오라고. 근데 좀 이상하잖아. 너도 그렇지? 남자애 집에 놀러 가는 거."

그렇지 않았다. 스펜서네 집에 가는 게 이상했던 적은 한 번도 없었다.

"제이 너도 가면 너네 집에 있는 느낌일 것 같아서 말하러 와

봤어. 그럼 진짜 편하겠다. 천재적인 생각이지?"

에리카가 설명했다.

"너도 갈 거지?"

사마라가 물었다.

"지금 당장?"

나는 정말로 정말로 스펜서를 보고 싶지 않았다. 게다가 점심 먹은 다음에는 할머니한테 차로 커피 커넥션에 데려다 달라고 할 참이었다.

"아니, 난……."

"네가 있으면 분위기가 훨씬 좋을 거야."

에리카가 손을 모으며 부탁했다.

"네가 필요해, 제이. 제발."

에리카 산체스에게 내가 필요하다니. 마음이 소용돌이쳤다. 지금 가면 우리는 단짝이 될 것이다. 초강력 접착제로 딱 붙인 단짝. 나는 침을 꿀꺽 삼켰다. 칩을 몰래 먹인 일로 에리카가 화내지 않아서 안심했다. 우리 사이는 여전히 다 괜찮았다. 괜찮은 것 이상으로 좋았다.

나는 집 안으로 뛰어 들어가 간단한 학교 숙제 때문에 스펜서 네 집에 가야 한다고 할머니에게 말했다. '학교 숙제'라고 하면 할머니는 당연히 나를 보내 줄 것이다. 그런 다음 푸른색과 보라색 체크무늬 셔츠로 갈아입었다.

에리카와 사마라는 나와 팔짱을 꼈고, 우리는 함께 스펜서네 집으로 폴짝폴짝 뛰어갔다. 둘이 나한테 벨을 누르라고 했다.

"제이! 정말 오랜만이다. 어디 갔었니?"

스펜서네 엄마가 여느 때처럼 바닐라 향과 함께 나를 꽉 껴안 았다. 스펜서 엄마는 바닐라 향 로션이나 초를 무척 좋아했다. 껴안고 나면 언제나 따스하고 행복한 기분이 들었다. 하지만 오늘은 어색했다.

"중학교는 숙제가 훨씬 더 많아서요."

나와 스펜서 사이에 있었던 일을 말하기는 곤란했다.

"내가 모를까 봐? 스펜서 아빠랑 나도 스펜서한테 더 열심히 해야 한다고 그래. 이젠 성적이 중요하니까."

스펜서 엄마가 나를 한 번 더 꼭 껴안았다. 우리는 스펜서 엄마를 따라 주방으로 들어갔다.

"제이 좀 보고 배우라고 맨날 그러지. 어쩜 이렇게 똑똑하고 성실하니."

에리카와 사마라가 킥킥 웃었고, 내 뺨은 붉어졌다. 바로 그때, 스펜서와 라울이 유리로 된 뒷문을 열었다. 스펜서는 내가 온 걸 알아차리고 눈을 빠르게 깜빡거렸다. 혼란스러울 때 하는 행동이었다. 우리는 잠시 고개를 숙여 자기 운동화에 시선을 고정했다.

내가 에리카, 사마라와 뒤뜰 구석에 모여 이야기하는 동안 스펜서와 라울은 축구공을 찼다. 하지만 순식간에 지루해졌다.

"뭐 할까?"

에리카가 나를 쿡 찔렀다.

나는 콩 주머니 던지기를 하자고 했다. 다섯 명이라서 편 가르기가 까다로웠다. 스펜서와 나는 내내 같은 팀이 되지 않으려고 애썼다. 견디기 어려울 만큼 분위기가 어색했다. 콩 주머니를 구멍에 넣으려고 노력하는 사람은 나뿐이었다. 잠시 후, 스펜서와 라울은 학교 애들을 흉내 내기 시작했다. 에리카와 사마라는 남자애들이 못된 말을 할 때마다 낄낄 웃음을 터뜨렸다. 그러면 스펜서는 줄곧 에리카에게 바보처럼 웃어 보였다.

그때 나는 깨달았다. 이건 데이트 같은 거다. 스펜서는 에리카를 좋아한다. 내가 여기 있으면 안 된다. 집에 가야 한다.

"말도 안 돼. 너 여기서 뭐 해?"

에리카가 갑자기 소리를 질렀다.

"세상에! 쟤 우리 엿보고 있었어!"

사마라가 외쳤다.

나는 애들이 가리키는 곳을 보았다. 뒤뜰을 둘러싼 나무 울타리 위로 핼리가 이쪽을 넘겨다보고 있었다.

"버그 걸, 꺼져! 여긴 우리 집이야. 너 부른 사람 아무도 없어!"

스펜서가 고함을 질렀다.

핼리와 눈이 마주쳤다. 숨 막힐 듯한 시간이 잠시간 흘렀다.

그러다가 내가 쿡쿡 웃어 버렸다.

많이 웃진 않았지만 스펜서와 에리카의 웃음을 끌어내기엔 충분했다. 나는 손으로 입을 막았지만 이미 늦었다. 터져 나온 웃음소리에 핼리의 얼굴에서 핏기가 가셨다.

"아니야!"

내가 소리쳤다. 이건 오해야! 난 핼리를 보고 웃은 게 아니었다. 나는 초조하면 웃는다. 그래서 웃은 것뿐이다. 핼리에게 설명하려고 입을 열었지만 말이 내 마음만큼 빨리 나오지 않았다. 순식간에 핼리는 사라져 버렸다.

배 속이 울렁거렸다.

"지금 몇 시야?"

핸드폰을 가져오지 않았다.

"아무나 빨리 말해 줘!"

"3시."

사마라가 말했다.

2시에 커피숍에서 만나기로 핼리와 약속했다. 핼리는 분명 내내 기다렸을 것이다. 칩이 우리 집에 있기 때문이다. 그리고 지금 핼리는 내가 자기를 비웃었다고 생각하고 있을 것이다.

나는 문을 열고 거리로 뛰쳐나갔다. 그 순간 하얀 자동차가 우리 집 앞에서 출발했다. 핼리의 밤색 곱슬머리가 창밖으로 날렸다.

"잘 가라, 버그 걸!"

스펜서가 내 뒤에서 재밌다는 듯이 소리쳤다.

바로 그 순간, 배 속에서 계속 부글부글 끓던 뜨거운 분노가, 지난 몇 주 동안 꾹 누르고 있던 화가 밖으로 터져 나왔다.

"그렇게 끔찍하게 굴어야 했어? 너희 다 정말 못됐어!"

내가 소리를 질렀다.

"진정해, 제이."

스펜서가 나를 향해 손을 내저었다.

"톰슨이 너랑 쟤를 붙여 놨다고 해서 쟤 편들 필요는 없잖아."

핼리네 집 정원에서 했던 벌레 사냥과 우리 집 주방에서 췄던 바보 같은 춤과 우리가 주고받은 온갖 말장난이 떠올랐다. 지난 몇 주 동안 핼리와 보낸 시간이 몇 달 동안 스펜서와 보낸 시간보다 즐거웠다. 스펜서가 핼리를 욕하게 놔두지 않을 것이다. 나 역시 핼리를 욕하지 않을 것이다.

"그거 알아, 스펜서? 핼리가 너보다 훨씬 더 쿨해. 우린 네가 하는 것보다 엄청 더 대단한 걸 만들고 있다고. 우린 새로운 식량 공급원을 발명할 거야. 인간이 환경에 미치는 영향을 줄이는 일이지. 핼리는 말랄라* 같은 사람이 될 거야. 기후 변화 문제를

* 말랄라 유사프자이. 파키스탄 출신의 여성 인권 운동가. 2014년 노벨 평화상을 공동 수상했다.

해결하겠지만, 그러니까 그레타 툰베리**랑 또…… 우리는……
또…….”

　나는 그만 씩씩거리기로 했다. 스펜서와 낭비할 시간은 없다.
핼리를 찾아야 했다.

** 스웨덴의 청소년 환경 운동가. '기후를 위한 학교 파업'을 시작했고, 전 세계 청소년들의
공감을 이끌어 냈다. 세계에서 가장 영향력 있는 기후변화 대변인으로 꼽힌다. 전 세계를 돌
며 환경 운동을 벌였다.

15장

핼리 : 어쩌면 친구

자라가 보고 싶은 이유 베스트 3

1. 자라는 절대 약속을 어기지 않았다.
2. 자라는 나를 비웃지 않았다.
3. 자라는 한 번도 못되게 굴지 않았다.

제이가 사과 문자와 음성 메시지를 산더미처럼 보냈지만 난 답장하지 않았어. 오늘 나는 칩도 없이, 손으로 쓴 간판만 들고 거리에 혼자 서 있었지. 제이가 나오지도 않고 문자에 답장도 하지 않아서, 혹시 할머니한테 무슨 일이 생긴 건 아닌지 걱정이 됐어. 그래서 엄마한테 제이네 집까지 태워 달라고 부탁했어. 다행히 할머니한테는 아무 일도 없었어. 에디가 길 건너에 제이가 있다고 내게 알려줬어. 제이가 걔들이랑 있는 걸 보게 됐지. 제이는 웃으며 거기에 있더라.

제이는 우리 프로젝트가 아니라 에리카와 스펜서를 선택했어.

에리카가 내게 함부로 말한 건 놀랄 것도 없어. 걘 원래 끔찍했으니까. 하지만 제이는 다른 줄 알았어.

제이는 좋은 앤 줄 알았어.

우리가 한 팀이라고 생각했어.

파트너라고.

어쩌면 친구일지도 모른다고.

내가 잘못 생각했나 봐.

16장

제이 : 공룡을 접는 이유

종이 공룡을 접고 또 접었다. 내가 아는 것 중에 가장 접기 어려운 종이 동물이었다. 종이를 뒤집었다가 다시 뒤집고, 아주 좁은 부분을 꺾어 접고 주름을 잡아야 한다. 한 마리 접는 데도 시간이 한없이 걸리지만, 지금은 그래서 좋았다. 어차피 잠자기는 틀렸으니까.

낮에 있었던 장면을 마음속으로 돌려 보고 또 돌렸다. 내 웃음소리가 계속 들렸다. 헬리의 상처받은 얼굴이 계속 떠올랐다.

끔찍한 기분이었다. 아니, 끔찍하다는 말로도 모자랐다.

나는 잔인했고, 심지어 우리 제품을 팔기로 한 약속도 잊어버렸다. 내 잘못 때문에 우리 성적은 떨어지고 우승 기회도 날아갈 게 틀림없다. 내일은 차로 두 시간 걸리는 린 아주머니 댁에 가서 아주머니의 50세 생신 잔치를 해야 한다. 아주 큰 가족 행사이다. 아주머니는 사실 가까운 친척도 아닌데. 육촌이랬나 팔촌이랬나. 아무튼 그건 중요하지 않다. 나는 절대 그 행사에 빠질 수가 없다.

피칭 대회는 수요일이다.

그럼 이틀밖에 남지 않는다. 그리고 이틀 중 대부분의 시간 동안 우리는 학교에 있어야 한다. 다른 팀들은 모두 시험 판매를 마쳤을 것이다. 우리만 빼고.

핼리에게 사과하는 문자 수백 개와 음성 메시지 다섯 개를 보냈다. 핼리의 답장은 오지 않을 것이다. 놀라운 일이 아니다. 당연하다. 핼리는 내가 너무너무 싫을 테니까.

그때 바로 할머니한테 부탁해서 차를 타고 핼리네 집으로 갔어야 했다. 얼굴을 보고 사과해야 했다. 하지만 너무 당황해서 내가 얼마나 끔찍한 짓을 저질렀는지 할머니에게 털어놓을 수가 없었다. 나는 방에 숨었다. 그리고 지금 가기는 너무 늦었다.

핼리가 나에게 답하지 않는 이유를 너무 잘 알고 있다.

하지만 말을 걸어 주면 좋겠다.

17장

핼리 : 비밀 악수

월요일에 스페인어 수업이 끝나고 사물함을 열었을 때, 첫 번째 귀뚜라미가 떨어졌어.

종이로 만든 작은 초록색 귀뚜라미였어. 복도에 가득한 아이들을 쓱 훑어봤어. 누가 사물함 문틈으로 이걸 집어넣은 거지? 장난인가? 또 나 놀리는 거야?

귀뚜라미를 사물함 안에 던져 넣고 문을 쾅 닫은 다음 과학 수업을 들으러 달려갔어. 누군지 모르지만 날 괴롭힐 순 없다는 걸 똑똑히 보여 주겠어. 난 신경 안 쓴다고.

하지만 귀뚜라미는 또 나타났어. 그리고 또 한 마리. 수업이 하나 끝날 때마다 작은 종이 귀뚜라미가 신기하게도 사물함에서 날 기다리고 있었어. 나는 귀뚜라미를 자세히 들여다보기 시작했어. 이렇게 조그맣게 접다니 놀라워. 누군지 모르지만 내 머릿속을 엉망으로 만들려고 아주 많은 시간과 정성을 들인 게 틀림없어. 난 감동했어. 감동하고 싶지 않았지만.

'비즈니스 교육과 기업가 정신' 수업 직전에 사물함 위에서 발견한 귀뚜라미에는 '미안해'라고 쓰인 작은 깃발이 이쑤시개로 꽂혀 있었어. 보자마자 범인이 누군지 깨달았지.

나는 재빨리 제이를 교실 밖으로 끌고 나왔어. 손에 쥐고 있던 조그만 초록색 종이 귀뚜라미 다섯 마리를 내보였어.

"정말 깜짝 놀랐어. 내가 이렇게 종이 동물을 접을 수 있다면 사슬에 끼워서 목걸이로 걸고 다닐 거야. 줄줄이 끼워 화환처럼 만들어서 집 안에 장식하거나."

제이의 얼굴에 미소가 번졌어.

"니랑 디시 말해 주는 거야?"

"그럴지도."

아이들이 교실 안으로 들어가려고 몰려와서 나는 한 발짝 뒤로 비켰어. 사실 어젯밤에 오늘 제이한테 말을 걸기로 마음먹었어. 피칭 대회에서 우승하려면 함께 일해야 하잖아. 나를 비웃은 건 여전히 용서가 되지 않았지만 우승은 하고 싶었어. 게다가 난 오래 꿍해 있는 타입이 아니거든.

"나한테 계획이 있어."

우리가 동시에 입을 열었어.

"나부터 말할게. 난 정말 멍청하고 끔찍했어. 정말 미안해. 널 괴롭히려고 그런 건 절대 아니야."

제이가 말했어.

"이제 이틀밖에 없다는 거 알아. 그동안 피칭 원고도 쓰고 사람들이 우리 칩을 사 줄지 테스트도 해야 해. 첼로랑 축구 연습은 빠질 거야. 우리 온 힘을 다하자. 할머니가 학교 끝나고 커피 커넥션까지 태워 주신다고 약속하셨어."

"음, 내가 세운 계획은 너한테 칩을 받아서 커피숍에 가서 나 혼자 파는 거였는데……."

나는 종이 귀뚜라미가 구겨지지 않도록 조심스레 주머니에 넣은 다음 팔짱을 꼈어.

어제 엄마와 이야기했어. 엄마가 그러는데, 모든 파트너가 항상 같은 마음으로 사업에 임하는 건 아니래. 결국은 한 명이 더 열심히 몰두하는 경우도 있다는 거야. 어디로 봐도 내가 그쪽이지. 난 우리 과자가 변화를 일으킬 거란 걸 알아. 엄마는 내가 이끌어 가야 한다고 했어. 제이가 흔들린다고 해서, 둘이 같이 망하도록 가만히 있을 거냐고 말이야.

"아……. 너 혼자 하려고?"

제이가 쥐어짜 낸 듯한 목소리로 힘없이 물었어.

"그게 더 낫지. 넌 맨날 바쁘잖아. 딱 보면 알아. 너한테는 별로 중요한 일도 아닌 거."

제이의 뺨이 빨개졌어.

"중요해! 많이."

난 고개를 가로저었어.

"말은 그렇게 하지만, 벌레 프로젝트 하기 싫어서 수백 번쯤 발 빼려고 했잖아. 토요일에도 한 번 더 뺐던 것뿐이야."

"그런 거 아니야."

제이가 잘라 말했어.

"에리카가 갑자기 우리 집에 와서⋯⋯."

"에리카는 신경 안 써. 내가 신경 쓰는 건 첩스칩스야."

"나도야."

"증명해 봐."

우리는 다시 서로 노려봤어. 그러다 갑자기 제이가 손을 뻗었어.

"다신 실수하지 않을게. 지켜봐, 핼리."

제이는 내 손을 꽉 잡더니 덧붙였어.

"너한테 피칭 파트너 재량권을 줄게. 그 말은 내가 백 퍼센트 뛰어들겠다는 뜻이야."

나는 망설였어.

제이는 다시 한번 내 손을 꽉 쥐었어.

"파트너로서 약속해!"

나는 제이에게 두 번째 기회를 주기로 했어. 진심으로 미안해하는 것 같았거든.

친구끼리만 아는 비밀 악수를 늘 해 보고 싶기도 했고.

"손잡기 다음에 손뼉치기나 손가락 튕기기는 어때?"

교실로 들어가면서 제이한테 물었어.

"아니면 벌레 잡기. 손가락으로 더듬이를 만들자."

제이가 아이디어를 냈어.

"역시 벌레!"

내가 웃었어.

이렇게 우리는 다시 비즈니스에 복귀했어.

귀뚜라미 수학
- - - - - - -

귀뚜라미 울음소리의 빠르기로 바깥 온도를 알 수 있다!

1. 귀뚜라미가 25초 동안 몇 번 우는지 센다.

2. 운 횟수를 3으로 나눈다.

3. 거기에 4를 더해서 나오는 수가 바깥 온도.

  25초 동안 귀뚜라미가 운 횟수÷3+4=바깥 온도.

"안 된다, 안 돼. 감기 걸려. 밖에선 안 돼."

할머니가 제이에게 단호한 목소리로 말했어.

빗방울이 후드득 부딪히는 창 너머로 밖을 내다봤어. 커피 커넥션 주차장은 거의 텅 비어 있었어. 춥고 흐린 월요일 오후니까. 커피숍 주인에게 안에서 칩을 팔 수 있게 해 달라고 부탁해 봤지만 거절당했어. 식품 안전이랑 관계가 있다는데 난 모르겠어. 우리 칩은 백 퍼센트 안전하다고. 커피숍 주인 말로는, 슈퍼마켓이나 쇼핑몰에서도 실내에서 칩을 팔라고 허락해 주진 않을 거래.

"내일은 날씨가 좋아지지 않을까?"

내가 제이한테 말했어.

"아니야. 일기 예보 봤는데 더 나빠진대. 지금 해야 해."

제이가 등을 꼿꼿이 펴고 대답했어.

나랑 친한 사람들은 내가 '죽어도 플랜 A' 타입이라는 걸 다 알아. 처음 생각해 낸 아이디어가 장애물을 만났다고 해서 쉽사리 플랜 B로 넘어가지 않지. 그런 나조차도 오늘은 꽝이라고 선언할 참이었어. 그런데 제이가 포기하지 않겠다니 충격적이야.

제이는 할머니에게 할 말이 있다는 듯 다가갔어. 속삭이는 소리가 한참 들렸고, 제이의 눈에서 눈물이 흘렀어. 또 한참 속삭이는 소리가 들렸어.

무슨 이야기인지 궁금했어. 나도 슬쩍 두 사람 옆으로 다가갔어. 할머니와 제이는 영어를 쓰다가 중국어를 쓰다가 섞어서 말하다가 했어. 대충 알아들을 수 있었어. 제이는 할머니에게 스펜서가 우리 아이디어를 훔친 이야기를 하고 있었던 거야. 제이는 에리카가 스펜서와 친하게 지내려고 자길 이용한 이야길 했어. 그다음은 못 알아들었고, 그다음엔 우리가 하는 일을 정말 제대로 잘해 보고 싶다고 말했지.

두 사람이 동시에 날 쳐다보더니, 할머니가 손목시계를 톡톡 두드렸어. 제이는 고개가 떨어져라 끄덕거리고 할머니 뺨에 쪽, 뽀뽀를 했어.

제이가 할머니 허락을 받아 낸 거야!

벌레, 한번 먹어 볼래?!
첩스칩스
1봉지 2달러
귀뚜라미로 만들었어요!
환경친화적 과자! 고단백질!

광고 문구를 쓴 종이가 날아가지 않도록 작은 접이식 테이블에 테이프를 덕지덕지 붙였어. 우리는 봉지를 줄 맞춰 늘어놓고 내 유니콘 우산을 덮어서 비를 가렸어.

"맛있는 과자 어떠세요?"

커피숍을 드나드는 손님들을 향해 빠짐없이 손을 흔들었어.

"지구를 살리는 과자가 여기 있어요!"

사람들은 서둘러 지나갔어. 다들 뜨거운 음료를 드는 데 정신이 팔려 허겁지겁 차로 돌아갔지. 우리는 비옷 모자 끈을 더 조이고, 근처를 지나가는 사람들에게 칩을 내밀었어. 그나마도 많진 않았지만. 종이에 쓴 잉크가 번졌어. 봉투에 붙인 귀여운 작은 상표가 비에 젖었어.

약속한 시간이 다 됐네. 할머니가 차 밖으로 나왔어.

우린 겨우 두 봉지 팔았어.

두 봉지 다 제이네 할머니에게.

그래, 우린 깨끗하게 망했어!

"뭐 하나?"

화요일 오후, 헨리 오빠가 거실로 들어와서 내 옆구리를 찔렀어. 오빠가 이러는 거 진짜 싫어.

"피칭 연습해. 심사 위원들 앞에서 하는 거."

내가 소파에 나란히 앉아 있는 동물 인형들을 가리키며 대답했어. 귀가 축 늘어진 파란 개, 격자무늬 조끼를 입은 코끼리, 내가 전에 초록색 실로 귀를 삐뚤빼뚤 꿰맨 분홍색 고양이가 심사 위원이었지.

"녹화도 하고 있어. 볼래?"

내가 핸드폰을 내밀었어.

"아니."

오빠가 그 큰 덩치로 소파에 털썩 주저앉는 바람에 고양이 인형 꼬리가 오빠 다리 밑에 깔렸어. 오빠는 제이를 손가락으로 가리켰어.

"네가 제이구나?"

제이는 고개를 끄덕이고 가장자리로 비켰어. 작년에 헨리 오빠는 키가 무시무시하게 커졌어. 어깨도 떡 벌어져서 거친 사나이처럼 보이지만 사실은 진짜 상냥한 거인이야.

"연습 계속하자."

제이한테 말했어.

우리는 피칭 연습을 최소 스무 번은 촬영하고 하나하나 분석했어. 서 있는 자세가 얼마나 어색한지 알게 됐지. 우리는 손을 어디에 둘지 심사 위원들과 어떤 식으로 눈을 마주칠지 궁리했어. 제이는 정말 열정적으로 연습했지. 나한테도 연습을 시키고 또 시켰다니까. 하지만 헨리 오빠가 방에 들어온 뒤로는 입을 꾹 다물었어.

"5분 줄게. 뭘 준비했는지 보여 줘 봐."

오빠가 운동화를 벗어 던졌어.

"뭐? 피칭을 전부 다 보여 달라고?"

"4분 50초 남았다. 째깍째깍."

제이를 끌고 텔레비전 앞에 가서 섰어. 우리는 아까 만든 메모 카드를 보며 대본을 읽었어. 다 읽었을 때, 헨리 오빠는 코를 골고 있었어!

내가 오빠를 확 밀었어.

"조는 척하는 거 다 알거든."

오빠가 눈을 떴어.

"잠이 솔솔 오더라. 심사 위원들 지루해서 죽는 걸 보려고? 발표에 숫자랑 퍼센트가 너무 많아."

"우리 제품이 중요하다는 증거란 말이야. 내가 조사한 것도 있고, 동물원 벌레 박사님에게 이메일을 보냈더니 쓸 만한 자료를 잔뜩 보내 주셨어."

내가 변명했어.

"벌레 박사님이 누군지 내가 어떻게 알아."

헨리 오빠가 일어나더니 우리 손에서 메모 카드를 낚아챘어. 오빠는 카드를 획획 넘겨 보고 두 무더기로 나눴어.

"이쪽에 있는 사실들은 전부 귀뚜라미가 소보다 물을 덜 소비한다는 사실을 증명하는 증거야. 숫자를 알려 주고 원그래프로 보여 주고 또 그래프를 넣을 필요는 없어. 정보가 지나치게 많아."

"그건 그래. 톰슨 선생님도 '과하면 나쁘다'고 하셨어."

제이가 목소리를 되찾았네! 그래도 나는 사실이 중요하다고 생각해.

"아니야. 정보가 많은 게 딱 봐도 더 좋아."

"바보 같기는! 핼리, 알아? 피칭은 메모 안 보고 하는 거야."

"못 해. 아직 다 못 외웠어."

피칭은 주로 내가 맡기로 결정했어. 제이는 무대에 올라가는 게 영 불편하다고 했거든. 내가 발표 내용을 적은 카드를 집으려고 손을 뻗자, 헨리 오빠가 카드 든 손을 머리 위로 들어 올렸어.

"없어도 할 수 있어. 연극 대사 외우는 것도 아니잖아."

카드를 뺏으려고 팔짝팔짝 뛰었어. 손이 닿지 않았지만.

"너희 오빠 말이 맞아. 톰슨 선생님도 심사 위원들한테 이야기를 들려주는 것처럼 피칭 하라고 하셨어."

제이가 고개를 끄덕였다.

헨리 오빠가 만족한 듯 피식 웃고, 다시 소파에 주저앉았어. 카드는 계속 손에 쥐고서.

"핼리, 이 칩에 대해서 너보다 더 잘 아는 사람은 아무도 없어. 그냥 말하듯 하면 어때?"

얼굴을 찌푸린 나를 보며 제이가 말했어.

그야 물론 말하듯 할 수 있지!

나는 숨을 깊이 들이마시고 엄마가 얼마나 나에게 단백질을 먹이고 싶어 하는지부터 이야기하기 시작했어. 저와 제이는 기후 변화에 관심이 많아요. 이 칩으로 미래를 더 밝게 만들 수 있어요. 이야기를 마치자 제이는 환호를 보냈지만, 헨리 오빠는 고개를 갸우뚱했어.

"훨씬 낫다. 하지만 한 방이 부족해. 뭔가 대담한 게 더 있어야 해. 세상을 향해 선……."

"선언해야 한다는 거지!"

내가 말을 맺었어. 오빠 말이 맞아. 한 방이 필요해.

"응, 심사 위원들 정신을 번쩍 들게 만들 무언가! 내가 너라면 뭔가 거친 걸로 시작하겠어."

오빠가 말했어.

"거친 거? 어떤 거친 거?"

헨리 오빠가 '거칠다'고 하는 행동에는 온갖 게 다 있어. 오빠는 일주일 내내 해적 의상을 입고 학교에 간 적도 있지. 과제 때문도 아니고 핼러윈도 아니었는데 말이야. 음악 저작권 침해에 항의하는 운동이랬어. 불법 사이트에서 해적판을 무료로 다운로드 받아 들으면 음악가들이 피해를 입는다는 사실을 알리고 싶었대. 오빠는 세상을 향해 선언할 때 정말 열정적이야.

"나라면 무선으로 조종하는 거대 귀뚜라미 로봇을 만들어서 무대 위에 내보낼 거야."

오빠가 텔레비전을 켰어. 「제퍼디!」*를 하고 있었어. 화면 속은 요란했지.

제이가 자기 핸드폰을 보여 줬어. 할머니한테 벌써 두 번이나 문자가 왔어. 집에 돌아갈 시간이라고.

"귀뚜라미 로봇, 진짜 좋은 아이디어다."

함께 현관으로 걸어가며, 나는 신이 나서 제이에게 말했어.

"우린 로봇 못 만들어. 심지어 내일까진 말이지."

제이는 너무 현실적이라 탈이야.

"좋아, 그럼 로봇은 말고. 다른 거 뭐 없을까? 시 낭송이나 댄스는 어때? 심사 위원들의 눈길을 끌어야 해. 그래야……."

"핼리, 우리 피칭은 좋아."

"충분히 좋진 않아."

나는 생각을 굽히지 않았어. 막 현관문을 열려는 참이었지.

"우린 아무도 예상 못 한 일을 해야 해. 아니면……."

그 순간 뭘 해야 하는지 깨달았어.

"누구나 예상할 만한 일을 하거나."

내가 떠올린 괴상한 아이디어가 마음에 쏙 들었어. 정말 나다

---

* 미국의 텔레비전 퀴즈 쇼.

웠거든. 심지어 약간 제이답기도 했어.

"안 돼! 하늘이 두 쪽 나도 안 돼! 이상하다고!"

내 아이디어를 들은 제이는 정신 나간 사람처럼 비명을 질렀어.

"이상해서 좋은 거야."

"다들 웃을 거야……. 심사 위원들도 웃겠지."

"그게 바로 포인트야."

제이가 튀는 걸 너무 무서워하지 않으면 좋을 텐데.

"그런다고 우승하는 데 도움 안 돼. 하지 마."

제이가 밖에서 기다리던 할머니 차에 올라타며 경고했어.

"알았어."

싸우고 싶은 기분이 아니었어. 나는 할머니를 향해 손을 흔들었어.

제이가 눈썹을 찌푸리며 말했어.

"정말 하지 마, 핼리. 우리가 준비한 건 훌륭해. 그렇게만 하자, 알았지?"

"알았다고 했잖아."

제이와 할머니가 떠났어. 잠깐 동안, 진짜로 하지 말까 생각해 봤어. 하지만 난 정말 정말 하고 싶었어.

그래서 자라에게 메시지를 보냈어.

자라는 이사 간 뒤로 며칠 뒤에야 답장을 보냈어. 너무 멀리 떨어져 있기 때문일 거야. 아니면 새 친구가 생겼거나.

이게 웬일이야! 자라가 바로 답장을 했어.

자라는 내 아이디어가 경이적이래. 자라는 그렇게 말할 줄 알았지. 좀 위험한 행동인 건, 뭐, 맞는 말이야. 하지만 우리는 둘 다 이 칩이 지구의 건강을 위해 긴급히 필요하다는 데 찬성했어. 그러니까 난 해야만 해.

그리고 이유 하나 더. 제이는 나한테 빚이 있어.

18장

제이이 : 용기의 샘

10월 말인데도 무대 뒤는 한여름처럼 더웠다. 나는 흰 블라우스의 빳빳한 목깃 아래를 긁었다. 할머니가 이걸 입으라고 했나. 무릎까지 내려오는 남색 모직 치마와 함께. 은행 직원처럼 보여서 싫다고 버텨 봤지만 할머니는 전문직 여성처럼 보인다며 권했다. 다른 아이들의 할머니도 모두 똑같은 은행을 이용하는 걸까! 어색한 남색과 흰색, 카키색 옷을 입은 중1들이 무대 뒤에 넘쳐 났다.

다른 팀들이 소곤소곤 피칭을 연습하는 소리가 들렸다. 배 속이 배배 꼬였다. 냉동 메뚜기 한 통이 내 배 속에서 되살아난 느낌이었다.

우리가 비 때문에 시험 판매를 망친 이야기를 들은 톰슨 선생님은 지금은 상품 개발 '초창기'이니까 괜찮다고 위로했다. 다음 대회 시작 전에 칩을 다시 팔아 보고 그때 사업 계획을 개선해도 충분하다고. 그 말은 우리가 꼭 우승해야 한다는 뜻이다. 나에게 핼리가 필요하다는 뜻이기도 하다.

핼리는 어디 있는 거지? 아직 오지 않은 사람은 핼리뿐이었다.

무대 뒤를 훑어보았다. 핼리가 있다면 금세 눈에 띌 것이다. 핼리 부모님이 핼리에게 남색 스커트를 입히는 건 상상하기 어려웠다. 핼리는 평범하지 않았다. 핼리를 찾던 내 눈이 휘둥그레졌다.

핼리 때문이 아니었다. 엄마가 무대 뒤로 통하는 문으로 안을 들여다보고 있었다.

"할머니한테 무슨 일 있어요?"

나는 허겁지겁 달려갔다.

"아니, 아무 일 없어."

엄마가 정전기가 일어나는 내 머리카락을 쓰다듬었다.

"엄마가 일정을 바꿨어. 아빠도 오고 싶어 했는데, 학회에 논문을 내야 해서."

"여태껏 엄마가 학교에 온 적은 한 번도 없었잖아요."

내가 당황해서 말했다.

"너랑 핼리가 무대에 서는 걸 보고 싶었어. 너희들 열심히 했

잖아. 비즈니스를 시작하는 건 용기가 필요한 일이야. 너희가
그걸 배워서 자랑스러워."

엄마가 나를 다정한 눈빛으로 바라보았다.

"네가 자랑스럽다."

뺨이 달아오르는 느낌이 들었다. 엄마를 향해 활짝 웃었다.
우리 가족에게 이 정도면 껴안는 거나 다름없다. 이 순간을 좀
더 오래 누리고 싶었다.

"무서워서 죽겠어요."

"그럴 필요 없어. 우리 마음속 깊은 곳에 용기의 샘이 있으니
까."

엄마가 내 가슴을 살며시 두드렸다.

"여기, 네 안에."

나는 아무 말도 하지 않았다. 배 속이 울렁거리는 느낌이 어
떤 건지 엄마는 모를 거다.

하지만 이번에는 엄마가 침묵을 깼다.

"나도 무서운 적이 많았어."

"엄마가요?"

엄마는 늘 고요하고 자신감이 넘쳐 보였는데.

"너를 두고 고향을 떠나기로 했을 때 무척 무서웠어. 지구를
가로질러서 생전 가 본 적 없는 곳에 간다니 정말 무서웠지."

"하지만 아빠가 있었잖아요. 엄마, 아빠는 함께였잖아요."

내가 지적했다.

"아빠는 가기 싫어했어."

"네?"

내가 몰랐던 사실이었다.

엄마가 고개를 저었다.

"내가 생각해 낸 계획이었어. 우리가 여기 와서 열심히 일하면 더 잘 살 수 있을 것 같았지. 지금처럼 다양한 걸 배울 수 있는 기회를 너에게 주고 싶었고. 아빠는 중국에서 많이 행복해하지 않았지만 거길 편안해했어. 아빠는 변화를 좋아하지 않았거든."

"그래서 어떻게 됐어요?"

다음이 너무 궁금했다. 엄마가 자신의 이야기를 들려준 적은 한 번도 없었다.

"내 안에 있는 샘에서 용기를 길어 올렸지. 우리 둘을 위해서. 그리고 아빠를 설득했어."

엄마 얼굴에 잠깐 그늘이 졌다가 사라졌다.

"너는 나를 닮았어. 용기가 있어."

"아빠랑 더 닮았을지도 몰라요. 변화를 싫어하니까요."

침을 꿀꺽 삼켰다. 중학교 생활을 시작했을 때가 떠올랐다.

엄마가 내 뺨을 어루만져서 흠칫 놀랐다. 엄마는 뭔가 말하려고 했지만, 그때 무대 뒤에 있던 애들이 한꺼번에 웃음을 터뜨렸다.

무슨 일이지? 까치발을 들고 보다가…… 숨이 턱 막혔다.

솜털이 보송보송한 더듬이에 하얀색 스티로폼 눈을 단 밝은 녹색 귀뚜라미 인간이 내 쪽으로 걸어오고 있었다. 내 이름을 부르면서. 손도 흔들면서.

핼리였다! 직접 만든 귀뚜라미 의상을 입은 핼리였다!

"버그 걸, 현장에 나와 있습니다!"

핼리가 말하며 나에게 장난스레 거수경례를 했다.

"아, 안 돼, 이건 아니야."

나는 눈을 꽉 감았다. 내가 보지 않으면 아무도 보지 못할 것처럼. 배 속이 울렁거리는 기분 나쁜 느낌이 더욱 거세졌다.

"어차피 모 아니면 도야. 어때? 많이 이상해? 엄마가 만드는 거 도와줬이."

나는 눈을 떴다.

"안 할 거라고 했잖아. 이건 비겁해."

핼리의 얼굴에서 웃음기가 사라졌다.

"나도 알아. 하지만 어젯밤에 자라랑 얘기했는데, 자라가 멋진 아이디어라고……."

"자라? 자라는 이 일이랑 관계없어."

내가 쏘아붙였다.

"자라는 이제 없다고."

핼리는 내가 때리기라도 한 것처럼 움찔했다.

나는 침을 꿀꺽 삼켰다. 그 말은 하지 말걸. 핼리가 자라를 얼마나 보고 싶어 하는지, 핼리에게 들어서 전부 알고 있었다. 나는 다르게 다시 말해 보았다.

"이건 너랑 내 일이야. 우린 비즈니스 파트너잖아."

"친구이기도 하고."라고 덧붙이려다가 순간 멈칫했다. 멈칫한 내가 불편해져서 그대로 입을 닫고 말았다.

"넌 언제나 내 아이디어에 반대하잖아. 그래서 자라한테 물어봤어. 넌 내 말 안 들으니까."

갑자기 어깨에서 엄마의 손길이 느껴졌다. 엄마가 왔다는 걸 순간적으로 잊고 있었다. 엄마는 다른 손을 핼리의 어깨에 올렸다. 우리가 싸우는 모습에 슬픈 얼굴로 고개를 저었다.

"얘들아, 이건 좋지 않아. 지금은 아니야."

나는 침을 꿀꺽 삼켰다. 오늘 엄마는 나를 보러 왔다. 엄마는 내가 자랑스럽다고 했다. 엄마를 화나게 하고 싶지 않았다. 그리고 핼리한테도 화내고 싶지 않았다. 진심으로.

"미안해. 네 얘기 더 잘 들을게."

핼리에게 말했다. 핼리가 내 마음을 알아주었으면 하고 바랐다.

"나도 미안해. 내가 가끔 너무 푹 빠져서…… 음……."

나는 또 쿡쿡 웃음이 났다가 움찔했다.

제이

"나도 그래. 있잖아, 긴장했을 때. 쿡쿡거리는 거. 나도 모르게 그러는 거야."

핼리의 눈이 휘둥그레졌다. 내 말뜻을 핼리도 알아들은 것 같았다.

그러자 엄마가 내 손을 끌어가 핼리 손과 마주 잡게 했다. 엄마는 우리 손을 토닥이며 행운을 빌어 주었다. 그러곤 객석에 앉아 있는 할머니에게 갔다.

"제이, 나 의상 안 입어도 괜찮아."

핼리가 비어 있는 손으로 귀뚜라미 탈을 벗으려고 했다.

우리 뒤를 지나는 발소리를 들었다. 하지만 이번엔 누군지 뒤돌아보지 않았다. 나는 이제야 핼리를 보고 있었다. 볼록 튀어나온 초록색 몸통을, 거대한 더듬이를. 나도 모르는 새에 킥킥 웃음이 터졌다. 핼리를 비웃는 게 아니라 그 반대였다.

"이거 진짜 귀뚜라미도 울고 가겠다!"

나는 손을 뻗어 흔들리는 더듬이를 탁 튕겼다.

핼리는 너무 용감하고 바보 같고 우리 칩이 잘될 수 있다면 무슨 일이든 할 기세였다. 귀뚜라미 의상을 입은 핼리 곁에 서자, 나도 용감해진 기분이 들었다.

"꼭 입어. 내가 잘못 생각했어. 이거 좋아!"

"정말? 사실 너도 좀 이상하다는 거 난 알고 있었어, 제이우!"

핼리가 주먹을 들어 나에게 내밀었다. 핼리 주먹에 내 주먹을 콩 부딪쳤다.

"그러니까 우리가 친구지."

"그래?"

핼리가 내 눈을 바라보았다.

"그래."

나는 미소 지었다. 이제야 제대로 된 느낌이 들었다.

"우린 친구야! 좋았어, 간다, 버그 걸!"

핼리가 활짝 웃었다.

우리는 다른 팀들과 함께 무대에 오르는 순서대로 줄을 섰다. 핼리와 나는 두 번째였다. 다들 어떻게 하는지 무척 보고 싶었다. 수업 시간에는 다른 팀 피칭에 영향을 받지 않도록, 톰슨 선생님이 팀마다 따로 피칭 연습을 봐주었기 때문이다.

우리가 마지막으로 한 번 더 서둘러 피칭 연습을 하고 있을 때, 스펜서와 바빅이 구석에서 톰슨 선생님과 이야기하는 게 보였다. 둘 다 무척 화가 난 것 같았다. 그러다가 바빅이 성큼성큼 걸어 나갔고, 톰슨 선생님이 황급히 바빅을 따라갔다. 스펜서는 털썩 주저앉아 예전에 학교 뮤지컬에 썼던 플라스틱 화분에 기댔다. 머리를 손에 묻은 스펜서의 어깨가 들썩였다.

아무도 신경 쓰지 않았다. 잠시 후, 나는 견딜 수가 없었다. 스펜서에게 다가갔다.

제이

"괜찮아?"

스펜서는 고개를 들지 않았다.

"다 박살 났어. 바빅은 완전 열 받았고. 망한 것 같아."

나는 쭈그리고 앉았다.

"왜 그러는데?"

"가브 삼촌이 우리 게임 프로토타입이랑 사이트를 만드는 중이라고 바빅한테 계속 큰소리쳤어. 다 잘되어 가고 있다고."

"그런데 삼촌이 안 만들어 주신 거야?"

스펜서가 고개를 저었다.

"이번 주가 돼서야 삼촌한테 말을 꺼냈어. 계속 나가 계셨거든. 삼촌이 도와주겠다고 했는데, 갑자기 큰 프로젝트에 들어가게 됐어. 난 그냥 삼촌이 다 알아서 해 줄 줄 알았어. 삼촌이 나랑 바빅의 프로젝드를 도와줘서 대박 날 줄 알았다니까. 진짜 좋게만 생각한 거지. 그래서 어쩌다 보니 톰슨 선생님이랑 바빅은 가브 삼촌이 우리 프로젝트를 계속 봐주고 있다고 믿게 됐어."

"하지만 중간 보고서는 계속 냈잖아?"

각 팀은 매주 톰슨 선생님에게 보고서를 제출해서, 진행 상황을 보고해야 했다. 게임을 어떤 식으로 만들지 기본 틀을 보여 줬어야 한다는 뜻이다.

"좀 꾸며 내서 썼어. 다른 사이트에서 퍼 온 것도 쓰고."

스펜서가 고개를 들었다. 눈가가 축축했다.

"바빅이 발표 안 하겠대. 우리 피칭은 거짓말이라서. 톰슨 선생님이 우리 부모님이랑 교장 선생님께 말씀드릴 거야."

나는 믿을 수가 없어서 스펜서를 바라보았다.

"엉망진창이구나, 스펜서."

"맞아."

스펜서가 반짝이는 구두만 내려다보는 동안, 우리는 둘 다 이게 얼마나 큰 문제인지 곰곰이 생각하고 있었다.

"왜 그랬어?"

마침내 내가 나지막하게 물었다.

중간 보고서에 대해 물은 건 아니었다. 스펜서도 알아들었다.

"미안해. 일부러 그런 건 아니었어."

스펜서가 크게 한숨을 쉬었다.

"그냥 네 프로젝트가 너무 멋져서 그랬어. 그날 수업 시간 전에 바빅한테 그 얘길 했어. 바빅은 내가 생각해 낸 건 줄 알았지. 바빅이 진짜 좋다고 그래서 어쩌다 보니 그걸로 가게 됐어. 어차피 너희는 코딩을 못 하는데, 나한텐 가브 삼촌이 있으니까 그래도 괜찮을 것 같았어……. 아니, 모르겠어……. 정신 차려 보니까 내가 발표를 하고 있더라. 나중에 미안한 마음이 들었어."

"미안한 마음이 들었으면서 왜 계속 가만히 있었어? 사실을 말했어야지."

"그러고 싶었어. 톰슨 선생님한테 이메일을 썼는데, 너무 겁나서 못 보냈어. 그리고 그즈음엔 우리가 생각해 낸 것도 많이 덧붙여서, 원래부터 우리 프로젝트였던 것 같았어. 게다가 너랑 핼리는 앱을 버리고 칩을 만들기로 했잖아. 너도 그걸로 좋아 보였고."

스펜서가 갈라진 입술을 잘근거렸다.

"미안해."

"응."

나는 고개를 끄덕이며 스펜서의 사과를 받아들였다. 하지만 스펜서의 얽히고설킨 거짓말 뭉치를 푸는 데 도움이 될 만한 말은 하나도 떠오르지 않았다. 이제 내가 스펜서를 예전처럼 좋아하지 않게 되었다는 사실이 슬펐다.

"제이! 제이! 시작했어!"

핼리가 나를 불렀다.

나는 스펜서를 떠나 서둘러 핼리 곁으로 달려갔다. 우리는 벨벳 커튼 사이 좁은 틈으로 밖을 엿보았다. 어둑한 무대 위에서 톰슨 선생님이 심사 위원 세 명을 관객들에게 소개하고 있었다.

"카리 고드프리 시장님, 새뮤얼스 클리닝 솔루션 경영자인 빅터 새뮤얼스 대표님, 상공 회의소의 니나 아폴리토 소장님을 심사 위원으로 모시게 되어 영광입니다."

선생님이 세 심사 위원이 앉아 있는 관객석 맨 앞줄을 향해 손짓하며 말했다.

"각 팀에 주어진 피칭 시간은 정확히 2분입니다."

무대 위에 설치된 커다란 시계를 가리키며 선생님이 말했다. 화면에 2:00라는 숫자가 깜빡이고 있었다.

"2분이 지나면 바로 내려와야 합니다. 그러니까 참가자 여러분, 시계를 잘 보세요!"

첫 타자인 소피아와 디온이 나란히 놓인 마이크 앞에 자리를 잡았다. 둘은 서로 다른 스포츠 유니폼을 입고 있었다. 디온이 심사 위원들에게 인사하자, 타이머의 빨간색 숫자가 줄어들기 시작했다.

소피아와 디온은 스포츠 팬들은 팀 사랑을 보여 주기 위한 복장을 갖추는 데 열심이지만 유니폼이 너무 비싸다고 설명했다. 풋볼, 야구, 농구 유니폼은 특히 비싸다. 두 사람이 만들 사이트에서, 이용자들은 유니폼을 완전히 교환하거나 일정 기간만 교환할 수 있다. 소피아와 디온은 학교와 시내에서 실시한 설문 조사 결과를 그래프로 보여 주었다. 사람들이 무척 흥미를 보이는 것 같았다.

다음으로 둘은 입고 있던 유니폼을 벗고 안에 입은 다른 유니폼을 보여 주려고 했다. 영리한 방법이었지만, 소피아의 금색 머리핀이 옷에 걸리고 말았다. 소피아는 유니폼 상의를 벗으려

제이

고 안간힘을 썼다. 디온은 소피아를 도울까 말까 망설이느라 말
하는 걸 잊었고, 삑 소리와 함께 시간이 끝났다.

둘은 발표를 마치지 못했다. 다리가 떨렸다. 우리도 저러면
어떡하지?

"다음은 첩스칩스입니다."

톰슨 선생님이 마이크에 대고 우리를 소개했다.

"이 팀은 혁신적인 식품을 들고 나왔습니다. '귀뚤귀뚤 칩'이
라는 뜻의 새로운 식품입니다."

드디어 피칭이다! 핼리와 나는 동시에 서로 손을 꼭 잡았다.
피칭 파트너 파워 폭발!

우리는 무대로 달음질쳤다.

핼리 : 계속해야 하는 이유

내가 무대에서 손을 흔들자 관객석에서 웃음이 터져 나왔어. 관객들이 한참 웃게 내버려 뒀지. 밝은 조명 때문에 눈이 가늘게 떠졌어. 심사 위원들 얼굴을 살펴보자니 두려움과 흥분이 온몸으로 퍼졌어. 좋았어! 심사 위원들이 미소 짓고 있어. 딱 저걸 노렸지. 내가 이럴 줄 알았어. 거대 귀뚜라미를 보고 웃지 않을 사람이 어딨겠어?

나는 표정을 진지하게 바꾸고 제이와 함께 피칭을 시작했어.

"안녕하세요, 여러분! 저는 핼리고, 이쪽은 제이예요. 저희 제품 이름은 첩스칩스입니다. 귀뚜라미 가루로 만든 과자예요."

"귀뚜라미라고요? 정말요?"

제이가 연습한 대로 나에게 물었어.

"아세요? 식용 곤충은 우리에게도, 우리가 사는 지구에도 좋답니다. 2050년에 지구 인구는 거의 백억 명까지 늘어날 거예요. 바로 지금, 미국에서는 담수의 50%가 우리가 먹는 동물을 기르는 데 사용되고 있어요. 환경을 파괴하지 않으면서도 모든 지구인이 영양을 섭취할 수 있는 방법은 무엇일까요?"

"다행히 우리에겐 작은 귀뚜라미가 있어요."

제이가 덧붙였어. 내가 다시 말을 받았지.

"곤충을 사육하는 데는 동물을 기르거나 곡식을 재배할 때보다 훨씬 적은 에너지와 자원이 들어요. 귀뚜라미 1킬로그램을 생산하는 데는 물이 8리터 필요해요. 하지만 쇠고기 1킬로그램을 생산하려면 물이 무려 16,700리터 필요하죠. 두툼한 쇠고기 패티 햄버거를 하나 먹을 때마다 샤워를 한 시간 반 하는 것만큼 물을 쓰는 셈이에요! 하나 너. 귀뚜라미는 좁은 공간에서도 사육할 수 있죠. 넓은 땅이 필요 없어요."

"그런데 벌레 맛은 어때요?"

제이가 물었어.

"대부분의 사람들은 맛있다고 생각해요. 전 세계 사람들의 80퍼센트는 벌써 곤충을 먹고 있어요."

나는 지도에서 밝은색으로 칠해 둔 벌레를 먹는 나라들을 가리켰어. 그러고 나서 심사 위원들을 똑바로 쳐다봤어.

"하지만 우리 친구들이 벌레를 있는 그대로 먹기는 곤란하다는 걸 알게 됐어요."

"그래서 저희는 실험을 거듭한 끝에 귀뚜라미 가루를 개발했어요. 그리고 그 가루를 넣어서 우리가 제일 좋아하는 과자, 칩을 만들었죠. 저희가 만든 칩은 맛있고 영양이 풍부해요."

제이는 검지를 들어 올리며 말을 이었어.

"칩 한 개에 귀뚜라미 한 마리가 들어 있답니다. 귀뚜라미에는 단백질, 비타민, 미네랄이 가득하죠."

큰 시계를 봤어. 10초 남았네. 서둘러야 해!

"우리 비즈니스에 투자해 주세요. 그러면……."

나는 '벌레를 먹자!'라고 쓴 커다란 종이를 들어 올렸어.

"한 번에 벌레 한 마리씩 세상을 구할 수 있어요! 맛벌 하세요!"

제이가 무대 가장자리로 가서 몸을 숙이고, 심사 위원들에게 우리 칩을 한 봉지씩 나눠 줬어. 심장이 쿵쿵 뛰었어. 뭐 빠뜨린 거 없나? 나 너무 빨리 말했나?

"맛있네요. 어떻게 만들었는지 알려 줄 수 있나요?"

제이가 짧게 설명했어. 물론 우리의 특급 비밀 조리법은 밝히지 않았지. 다른 회사에서 우리 칩을 따라 할지도 모르니까 신중해야 해! 제이는 포장 봉지랑 로고에 대해서도 말했어. 고드프리 시장님이 종이에 뭔가 적었어. 뭐라고 쓰는 걸까?

그때 새뮤얼스 대표님이 칩을 어디에서 팔 계획인지 물었어.

내가 대답했어.

"슈퍼마켓의 과자 코너와 건강식품 코너에서 동시에 팔고 싶어요. 하지만 우선은 학교 행사나 운동 모임에서 팔면서 브랜드 인지도를 높이려고 해요."

톰슨 선생님을 보면서 씩 웃었어. 선생님이 가르쳐 준 비즈니스 용어를 말해서 뿌듯했거든.

"이 칩에 대한 소비자 반응을 이야기해 주세요."

새뮤얼스 대표님이 몸을 앞으로 숙이며 물었어.

내 뒤에 선 제이가 긴장하는 게 느껴졌어. 하지만 우린 어제 솔직히 말하기로 결정했어.

"학교 밖에서는 시식 테스트를 하지 못했어요."

나는 회사 설립을 위해서, 다음 단계로는 적절한 시식 테스트부터 마련한 것이고, 소비자들이 우리 제품을 원한다는 사실을 확인할 거라고 설명을 덧붙였어.

"상금을 받으면 어떻게 사용해서 사업을 키워 나갈 거죠?"

아폴리토 소장님이 물었어. 소장님은 소피아와 디온에게도 같은 질문을 했어.

제이가 대답을 준비했지.

"그 돈으로 귀뚜라미를 사서 칩을 더 많이 만들 거예요. 또 전문적인 조리실을 사용할 거고요. 우리 집 주방에 벌레가 잔뜩 돌아다니면 엄마가 정말 싫어하실 거예요!"

관객들이 키득거렸어. 어디선가 환호 소리도 들려왔지만 그건 아마 우리 아빠일 거야. 그때 톰슨 선생님이 우리를 향해 무대에서 내려가라고 손짓하고 라울과 피터를 불렀어.

"괜찮았던 것 같아?"

무대 뒤로 들어오자마자 제이가 속삭였어.

"아니."

나는 이렇게 대답하고 잠시 심각한 표정을 지었어.

"완벽하게 굉장했지!"

"맞아!"

우리는 팔짝팔짝 뛰었어. 무대 뒤에서 아이들을 도와주던 스타인 선생님이 와서 우리를 조용히 시킬 때까지 말이야. 재빨리 옷을 갈아입은 다음, 제이와 함께 객석에 앉아서 나머지 피칭을 지켜봤어. 마지막 팀의 발표가 끝나고, 수업을 듣는 모두가 관객석 앞쪽에 모여 앉았어.

머리를 맞대고 진지하게 토의하는 심사 위원들의 등을 바라보았어. 저렇게 이야기할 필요가 있나? 내가 보기에 결과는 딱 나와 있는데.

첩스칩스가 우승할 수밖에 없는 이유
- - - - - - - - - - - - - - - - - -
1. 우리는 최고였다.

2. 의상을 준비한 유일한 팀.

3. 세상을 바꿀 수 있는 유일한 팀.

마침내 톰슨 선생님이 마이크를 잡았어. 선생님은 요컨대 우리 모두 우승자라는 내용으로 긴 연설을 했어. 하지만 오직 한 팀만 상을 받아서 집으로 돌아가겠지. 기대감에 다리가 달달 떨렸어.

톰슨 선생님이 수상자 발표를 시작했어.

"3위는, 파일 꾸미기 키트를 개발한 디자인 앤 데코입니다."

에리카와 릴리가 무대로 달려갔어. 나는 제이의 손을 꼭 잡았어. 우린 3위가 아니야. 어딜 봐도 1위라고. 초조함에 온몸이 떨렸어.

"2위는, 접스칩스!"

뭔가 잘못된 게 분명해! 이렇게 훌륭한데 2위라니.

제이가 나를 쿡 찔러서 의자에서 일어났어. 심장이 배까지 툭 떨어진 것 같았어. 우리는 함께 계단을 올라 무대 위에 섰어. 관객들이 환호를 보냈어. 격하게 손뼉을 치고 있는 엄마, 아빠가 눈에 들어와서 억지로 웃어 보였어. 승복할 줄 모르는 패배자로 보이는 건 소름 끼치게 싫거든.

"이제 1위를 발표하겠습니다……. 1위는, 혁신적인 여름용 썰매를 개발한 팀 서머 슬레드!"

"우아!"

라울이 피터와 함께 무대로 뛰어 올라오며 고함을 쳤어. 톰슨 선생님이 커다랗게 인쇄한 수표 모형을 건넸어. 우리 여섯은 한 줄로 섰어. 관객들이 박수를 보내고 부모님들이 사진을 찍었지. 핸드폰으로 우리 동영상을 찍는 제이 할머니도, 제이를 보면서 왜인지 손가락으로 가슴을 톡톡 두드리는 제이 엄마도 보였어. 제이도 엄마를 향해 활짝 웃었어.

"2위도 나쁘지 않아."

제이가 나를 보고 말했어. 나는 한숨을 쉬었어.

"나도 알아. 확실히 썰매가 재밌어 보이긴 해. 썰매 한 대 팔릴 때마다 북극곰을 위해 기부한다는 것도 멋지고."

"시식 테스트를 못 한 게 문제였나 봐. 미안해."

라울과 피터는 공원에서 아이들이 여름용 썰매를 타 보고 열렬한 소감을 말하는 동영상을 보여 줬거든.

"아니야. 딱 좋은 맛을 찾는 데 시간이 오래 걸렸고……."

"함께 일하는 법을 찾는 데도 오래 걸렸지."

제이가 덧붙였어. 내가 고개를 끄덕였어.

"아, 속상하다. 우리 칩에는 우리의 주장이 들어 있잖아. 다른 팀이랑 다르다고."

"그래, 그러니까 우린 계속 칩을 만들어서 팔아야 해."

제이가 말했어.

"시장님이랑 청소용품 회사 사장님이 우리를 안 뽑아 줬다고 멈춰선 안 돼. 내가 생일날 받은 용돈을 쓰자. 그리고…… 앗!"

충동적으로 제이를 꽉 껴안아 버렸어. 그만두고 싶지 않다는 말을 제이한테 들어서, 우리가 진짜로 정말로 친구라는 걸 알게 되어서 말이야. 참을 수가 없었다고. 정말로 행복해졌어. 우승은 못 했지만 상관없어.

"좋아, 우리 지금 껴안고 있는 거지?"

제이가 키득거리며 나를 마주 껴안았어.

내가 전에도 말했잖아. 벌레를 먹으면 인생이 바뀔 거라고.

"잠시만요! 피칭 수상자 여러분, 이쪽으로 오세요."

검은 머리를 대강 올리고 고양이 눈처럼 끝이 뾰족한 안경을 쓴 여자분이 우리를 향해 손을 흔들었어.

"「브룩데일 타임스-커리어」 신문에서 나왔어요. 여러분 사진을 찍고 질문을 몇 가지 해서 기사를 내고 싶어요."

"우리가 신문에 나와요?"

제이를 놓으면서 내가 물었어. 신문에 나온 적은 한 번도 없는데.

기자님이 고개를 끄덕였어.

"학생이 앞줄 가운데에 서 주면 좋겠어요. 의상이 정말 훌륭했거든요. 다시 입을 수 있나요?"

뭘 좀 아시네! 나는 얼른 다시 귀뚜라미로 변신했어.

기자님이 핸드폰을 꺼낸 다음 우리 위치를 잡아 줬어. 내가 가운데였어.

"자, 좋아요, 모두 웃어 보세요."

"벌레 하세요!"

내가 외쳤지. 기자님은 사진을 여러 장 찍었어. 그런 다음 라울과 피터한테 질문을 했지. 둘은 우승해서 정말 자랑스럽다고 대답했어. 피터는 톰슨 선생님에게 열정적으로 감사 인사를 했어. 엄청 멋진 장면이었지.

"자, 이제 두 분 차례예요."

기자님이 우리 쪽으로 돌아섰어.

"지역 대회는 어떻게 준비할 거죠?"

"저희는 안 나가는데요."

내가 대답했어.

"맞아요, 쟤네는 2위예요. 지역 대회에 나가는 건 저희 팀이에요."

라울이 끼어들었어.

"'벌레를 먹자' 팀도 나간답니다. 각 학교 2위 팀까지 지역 대회에 나가는 거예요."

기자님이 자신 있게 말했어.

제이와 나는 서둘러 톰슨 선생님을 데려왔어. 기자님한테 방금 한 말을 다시 해 달라고 했지.

"기자님 말이 맞아요?"

내가 다그쳤어.

"아닌 것 같은데……."

선생님이 핸드폰을 꺼내 대회 규정 화면을 열고 스크롤을 쭉 쭉 내리며 살펴봤어.

"음, 잠시만……. 음……. 아니……."

선생님이 당황한 얼굴로 우리를 봤어.

"아무래도 내가 잘못 알았나 보다. 여기 작게 쓰여 있네. 상위 2개 팀이 다음 대회에 진출한다고. 미안하지만 그래도 상금은 라울과 피터만……."

"이야앗!"

나는 팔짝팔짝 뛰었어. 돈이 문제가 아니야. 제이랑 내가 첩스칩스를 계속 살릴 수 있다고!

20장

제이 : 상자 밖에서

2주 뒤, 나는 교실 앞에 서서 아이들의 눈길을 끌려고 필사적으로 애쓰고 있었다. 몇 번이나 헛기침을 했지만 아무도 듣지 않았다.

결국 톰슨 선생님이 날카롭게 휘파람을 불어 나를 구해 주었다.

"여러분, 조용히 합시다. 제이가 첫 번째 피칭 클럽 모임을 시작할 거예요."

"안녕하세요, 여러분."

목소리가 떨렸다. 핼리가 나를 피칭 클럽 회장으로 추천할 때 왜 가만히 있었을까? 핼리는 내가 훨씬 더 착실하고 계획적인 사람이라고 했다. 틀린 말은 아니지만, 이 자리에서는 핼리가 훨씬 더 잘했을 것이다. 나는 남들 앞에, 특히 가운데에 서는 게 익숙하지 않다.

애들이 이렇게 많이 오다니 믿을 수가 없었다. 스무 명의 얼굴이 기대하는 표정으로 나를 보고 있다. 아는 애들이 많았다. 라울, 에리카, 사마라, 오웬, 릴리 같은. 하지만 한 번도 본 적 없는 아이들도 있었다. 놀라운 일은 아니지만 스펜서는 오지 않았다.

핼리는 앞줄에 앉아 있었다. 초록색 더듬이 머리띠를 하고 있어서 금세 눈에 띄었다. 요즘 핼리는 매일 그 머리띠를 하고 다닌다. 핼리가 고개를 까닥이자 더듬이가 흔들흔들, 내 입가도 씰룩씰룩 움직였다.

"피칭 대회가 끝나고 우리가 지역 대회에 나갈 수 있다는 사실을 아직 몰랐을 때, 핼리와 저는 진심으로 우리 사업을 계속 키우고 싶다고 이야기했어요. 기업가 클럽을 만들면 좋겠다는 아이디어가 그때 떠올랐죠."

내가 입을 열었다.

"'비즈니스 교육과 기업가 정신' 수업이 끝난 뒤에도 스타트업을 계속하고 싶다면 우리 클럽에 들어올 수 있어요. 새로운 창업 아이디어를 가진 사람도 누구나 들어올 수 있고요. 톰슨 선생님이 클럽 고문을 맡아 주시기로 했어요. 하지만 숙제나 평가는 없어요. 재미로 하는 거니까요. 그냥 함께 일하는 공간이 될 거예요."

모임은 매주 목요일 방과 후에 열린다는 이야기로 설명을 마쳤다.

그때 톰슨 선생님이 끼어들었다.

"창의적으로 생각하고 위험을 무릅쓰길 멈추지 마세요. 이 클럽에서 우리는 상자 밖에서 아이디어를 찾는 사람이 될 겁니다. 상자 안에 갇혀 있지 마세요. 좋아요! 팀 나누기부터 시작하죠."

"수정하고 개선해야 할 게 아주 많아."

핼리와 함께 책상 두 개를 붙이면서 내가 말을 꺼냈다.

"첫째는⋯⋯."

"번호 매길 필요 없어. 생각나는 대로 말해 보자."

핼리가 수첩을 펼쳤다.

"하지만 바로 그게 문제야, 핼리. 생각나는 대로 달려들 순 없어. 이제 지역 대회에 나가는 거야. 엄청 큰 대회라고. 진짜 비즈니스 계획을 짜야 해."

"톰슨 선생님, 잠시만요."

스털링 선생님이 스웨이드 부츠를 신은 발로 교실 문을 밀고 들어왔다. 품에 커다란 갈색 상자를 안고 있었다.

서둘러 달려간 톰슨 선생님이 상자에 붙은 스티커를 보고 머리를 갸우뚱했다.

"핼리? 핼리 네가 내 앞으로 학교에 뭘 보냈니?"

"도착했다!"

핼리가 달려갔다.

"이게 뭐니?"

톰슨 선생님이 테이프를 뜯는 동안, 스털링 선생님이 물었다. 핼리가 대답했다.

"귀뚜라미요."

"뭐라고?"

톰슨 선생님은 벌써 상자의 뚜껑 날개를 하나 들어 올린 다음이었다.

"그걸 여기로 보냈다고?"

"제가 인터넷에서 훌륭한 귀뚜라미 농장을 찾았어요. 아빠가 도와줘서 거기 사장님이랑 이야기를 해 봤어요. 우리 칩 이야기를 듣더니 일단 귀뚜라미 한 상자를 무료로 보내 주신댔어요. 진짜 잘됐죠? 오늘 모임이 있으니까 학교로 택배를 보내 달라고 말씀드렸어요. 제이랑 저는 칩을 잔뜩 만들어야 하거든요."

톰슨 선생님이 잠시 천장을 빤히 쳐다보는 동안, 선생님의 손은 상자의 다음 날개 위에서 맴돌았다.

"좀 무섭긴 하지만, 귀뚜라미가 몇 마리나 들어 있는지 물어봐도 될까?"

그 말에 클럽 아이들이 모두 상자 곁으로 모여들었다. 에리카와 사마라까지도.

핼리가 어깨를 으쓱했다.

"오백 마리요. 그쯤 될 거예요."

"어서 열어 주세요, 선생님."

나는 얼른 핼리 곁으로 갔다.

"아까 상자 밖에서 생각하라고 하시지 않았나요?"

선생님이 헛웃음을 지었다.

"딱 걸렸네. 그랬지."

"열어 보세요. 벌레 보여 주세요."

오웬이 재촉하자 나머지 아이들도 소리를 질렀다.

톰슨 선생님이 상자를 우리 쪽으로 밀었다. 나와 핼리는 함께 상자를 열었다. 그리고 내가 우리의 새 귀뚜라미 통을 상자 밖으로 꺼냈다.

에필로그

이 책은 실제 있었던 일에서 영감을 받아 쓴 이야기예요. 로라 다사로와 로즈 왕은 미국 식품회사 '식스푸드'를 세운 공동 창립자예요. 이들은 하버드 대학에서 같은 기숙사를 쓴 친구였어요. 어느 해 여름, 로라는 연구를 하러 탄자니아에 갔다가 길에서 파는 애벌레 튀김을 보았어요. 그때 로라는 채식만 하던 때였는데, 그날은 튀긴 애벌레를 사 먹었어요. 현지인들처럼 살고 싶어서 도전했던 거예요. 그런데 애벌레 튀김이 아주 맛있었습니다. 마치 바닷가재 요리 같은 맛이었어요! 그즈음, 탄지니아와는 거의 지구 반대편에 있는 중국으로 여행을 갔던 로즈도 용기를 내어 튀긴 전갈을 먹게 됐어요. 새우와 비슷한 맛이었습니다. 학교로 돌아와 서로의 경험을 이야기하던 로라와 로즈는 호기심이 일었어요. 전 세계 많은 사람들이 벌레를 먹는데, 왜 어떤 사람들은 전혀 먹지 않는지 말이에요. 그래서 두 사람은 벌레 식량에 대해 조사하기 시작했어요. 맞아요, 이 책은 이 두 사람의 이야기에 뿌리를 두고 있어요. 핼리와 제이가 만든 과자가 '첩스칩스'인 것도 두 사람이 만든 과자 이름에서 가져온 거

랍니다. 실제로 대학생이던 두 사람이 이 책에서는 세상을 구할 임무를 맡은 중학생으로 변신한 것은 다르지만요.

나중에 메릴 브라이트바트라는 친구도 회사 창립에 합류했어요. 이 삼총사는 타코부터 초밥까지 온갖 음식을 시도하면서 메뉴를 개발했어요. 그러다 마침내 사람들이 좋아할 만한 기가 막힌 음식을 찾아냈어요. 귀뚜라미 가루로 만든 과자를 만들어 낸 거예요! 이 셋은 텔레비전에서 방영하는 창업 오디션 프로그램과 여러 피칭 콘테스트에 참가했어요. 온갖 어려움을 이겨 내고, 마침내 우승을 거머쥐었어요. 회사를 세우기에 충분한 자금을 따냈답니다. 억만장자 기업가인 마크 큐번에게 투자 계약을 받는 데도 성공했지요.

처음에 곤충 단백질 칩이 성공할 거라고 믿는 사람은 거의 없었어요. 로라와 로즈는 스낵을 만드는 공장 400여 곳에 문의한 뒤에야 귀뚜라미 칩을 만들어 주겠다는 곳을 찾을 수 있었어요. 지금은 미국 매장 수천 곳에서 이들이 만든 과자가 팔리고 있어요. 이 과자는 몸에도 좋지만, 음식이 기후 변화에 미치는 영향을 수많은 사람들에게 알리고 있어요. 이 회사가 더 궁금하다면 사이트 eatchirps.com에 들어가 보세요. 그리고, 핼리와 제이처럼 실패에 주눅 들지 않고 계속 도전하는 비법을 알고 싶다면 다음 장에 있는 로라와 로즈의 인터뷰를 읽어 보세요. 여러분에게도 귀뚜라미 효과 같은 영감이 찾아올지 모르잖아요.

기꺼이 실수해도 괜찮아요

헤더: 두 분의 이야기, 정말 좋아요! 책을 쓰기로 했을 때, 두 분이 대학이 아니라 중학교에서 만났다면 어땠을까 상상해 봤죠. 제가 제대로 썼나요? 핼리와 제이가 두 분과 비슷한가요?

로라: 네! 어렸을 때 저는 양쪽 발에 신발을 짝짝이로 신고 온갖 희한한 아이디어를 떠올리는 애였죠. 핼리처럼요. 저희 가족도 진짜 별났어요. 집에서 큰 쥐를 아홉 마리나 키운 적도 있다니까요! 전 독특한 저 자신이 편했지만, 세상을 저처럼 보지 않는 아이들과 맞춰 가는 법도 고민해야 했어요. 가끔은 쉽지 않은 일이었죠.

로즈: 제이는 저와 무척 닮았어요. 저도 이민 가정의 아이로서 정체성을 찾기 위해 몸부림쳤어요. 전 중국에서 태어났고, 미국으로 이민 온 다음엔 학교에 있는 미국 아이들처럼 행동하려고 온 힘을 다했거든요. 하지만 집에 오면 전부 다 중국식이었어요. 소속감을 느끼고 싶었던 저는 다른 사람들이 기대하는 제 모습대로 되려고 노력했어요. 나 자신을 편안하게 받아들이기까지 시간이 많이 걸렸죠.

헤더: 두 분이 처음 만났을 때 이야기를 해 주세요. 금세 친구가 됐나요?

로즈: 입학 첫날, 기숙사 복도에 서 있는 로라를 봤던 게 기억나

요. 어마어마하게 밝고 정말 정말 열정이 넘쳤어요. '분명 가식일 거야.' 처음엔 그렇게 생각했어요.

솔직히 로라는 제가 그때까지 만난 어떤 사람과도 달라서, 어떻게 받아들여야 좋을지 알 수가 없었어요. 「샤크 탱크」에서 케빈 올리리라는 억만장자를 만난 적이 있어요. 그 프로그램에서 엄청난 부자 투자자를 많이 구경했거든요. 그는 핼리를 "미즈 해피"라고 불렀어요. 주변을 환하고 행복하게 해 주는 사람이라는 뜻이에요. 핼리에게 딱 어울리는 별명이죠. 하지만 제 마음이 불안정하고 적응하는 데 신경이 쏠려 있을 때, 로라의 밝은 성격과 떠들썩한 개성이 좀 힘들었죠. 그렇게 몇 달이 지나고, 저한테 좋은 일이 있었는데 로라가 저보다 더 기뻐해 줬어요. 그제야 비로소 로라가 얼마나 놀라운 사람인지 깨닫게 됐지요.

헤더: 책에서는 핼리가 귀뚜라미 옷을 입고 피칭 콘테스트에 나가요. 실제로도 그랬나요?

로라: 그랬어요! 제가 어렸을 때 옷 만드는 걸로 유명했거든요. 예를 들어 학교에 빨간 옷 입는 날이 있으면 다른 애들은 빨간색 티셔츠를 입고 오는 정도거든요. 하지만 저는 케첩 병 전신 의상을 만들어 입는 식이었죠. 피칭 기회가 있을 때마다 귀뚜라미 의상을 만들어서 입었어요. 「샤크 탱크」에도 입고 나갔답니다.

헤더: 「샤크 탱크」에 출연한 건 틀림없이 대단한 경험이었을 거

예요. 심사 위원들 앞에서 피칭할 때 떨리지 않았나요?

로즈: 피칭 전엔 언제나 떨려요. 가슴이 터질 것 같죠. 초조해서 안절부절못하게 만드는 에너지를 무대에서 활용할 수 있는 긍정적인 에너지로 바꾸는 법을 배워야 했어요.

로라: 무대 뒤에서 심사 위원들을 내다봤던 기억이 나요. 제가 그 자리에 있다는 게 믿기지 않았어요. 이번 피칭은 제대로 해야 한다는 느낌이 팍 왔답니다. 기회는 단 한 번, 다음 기회는 없으니까요.

로즈: 둘이 피칭 연습을 정말 많이 했어요. 하고 또 했죠. 그리고 어린이들에게 칩 시식 테스트를 많이 했어요. 아이들은 거짓말을 안 하니까요. 그래도 계속 악몽을 꾸더라고요. 심사 위원이 칩을 맛보고 얼굴을 찌푸리는 모습을 시청자 수백만 명이 보고 그래서 우리 회사가 망하는 꿈이었어요.

로라: 하지만 그런 일은 안 생겼어요. 다들 우리 칩을 정말 좋아했거든요. 우리 제품에 담긴 뜻도 이해했고요.

헤더: 어렸을 때도 사업을 한 적이 있나요?

로라: 뭔지도 잘 모르면서 했던 것 같아요. 저희 동네 애들은 안 쓰는 장난감을 모아서 벼룩시장을 열곤 했어요. 저도 항상 레모네이드 노점을 차렸고요. 열다섯 살 때는 공원에 레모네이드와 쿠키를 파는 노점을 차려서, 공원의 낡은 놀이 기구를 바꾸는 데 필요한 돈 14,000달러를 모금했어요. 공원 관리국에서 제가

하는 일을 보고 기구 설치에 필요한 돈을 보태 줬고요.

헤더: 와! 어떻게 그렇게 돈을 많이 모았어요?

로라: 매일 아침 쿠키를 수십 개 굽고 레모네이드를 몇 리터씩 만든 다음 자전거로 공원에 있는 노점까지 날랐어요. 여름 내내 거기서 날마다 아홉 시간을 보냈고요. 전 정성을 다해서 열심히 했고, 그 일이 진짜 좋았어요.

헤더: 기업가가 성공하기 위해 필요한 자질은 뭐라고 생각하세요?

로즈: 기업가는 꾸준히 나아가야 해요. 넘어지고 쓰러졌다 해도요. 많이 시도하고 많이 실험해야 제대로 된 제품과 만날 수 있거든요.

로라: 사업을 한다는 건 기꺼이 실수하고 그 실수에서 배우고 변화를 만든다는 뜻이기도 해요. 아까 말한 레모네이드 노점도 그랬죠. 처음 레모네이드를 팔았을 땐 한 컵에 겨우 25센트를 받았어요. 그날 밤, 번 돈을 세어 보고 재료 사는 데 든 돈이랑 비교해 봤더니, 오히려 돈을 더 썼더라고요. 그래서 다음 날엔 가격을 올렸죠.

로즈: 잠깐만요! 중요한 자질이 하나 더 생각났어요. 일을 여러 사람과 함께 잘할 수 있는 능력이요. 파트너가 있으면 큰 도움이 되죠. 로라와 저는 각자 다른 기술을 발휘했어요. 상대의 말을 귀 기울여 듣는 법도 배웠죠.

로라: 함께하면 재미있기도 해요.

로즈: 네, 함께하면 정말 재미있죠!

그래, 우리는 버그 걸!

1판 1쇄 인쇄 2021년 8월 20일
1판 1쇄 발행 2021년 8월 27일

지음 | 헤더 알렉산더
그림 | HALMAE
옮김 | 배형은
펴낸이 | 박철준
편집 | 안지혜, 정미리
디자인 | 채홍디자인

펴낸곳 | 찰리북
출판등록 | 2008년 7월 23일(제313-2008-115호)
주소 | 서울시 마포구 동교로18길 33, 201(서교동, 그린홈)
전화 | 02)325-6743 | 팩스 02)324-6743
전자우편 | charliebook@gmail.com
인스타그램 | instagram.com/charliebook_insta

ISBN 979-11-6452-031-2 43840

찰리북 블로그에서 독후활동지를 다운받으세요!
blog.naver.com/charliebook